황룡난신

FANTASTIC ORIENTAL HEROES
일황 新무협 판타지 소설

황룡난신 5

일황 新무협 판타지 소설

초판 1쇄 찍은 날 § 2012년 4월 20일
초판 1쇄 펴낸 날 § 2012년 4월 27일

지은이 § 일 황
펴낸이 § 서경석

편집부장 § 권태완
편집책임 § 박우진
디 자 인 § 이혜정

펴낸곳 § 도서출판 청어람
등록번호 § 제1081-1-89호
등록일자 § 1999. 5. 31
어람번호 § 제2-2224호

주소 § 경기도 부천시 원미구 심곡2동 163-2 서경B/D 3F (우) 420-822
전화 § 032-656-4452 팩스 § 032-656-4453
http://www.chungeoram.com
E-mail § chungeoram@chungeoram.com

ⓒ 일황, 2012

ISBN 978-89-251-2846-7 04810
ISBN 978-89-251-2740-8 (세트)

※ 파본은 구입하신 서점에서 교환하여 드립니다.
※ 저자와 협의하여 인지를 붙이지 않습니다.
※ 이 책은 도서출판 청어람과 저작자의 계약에 의해 출판된 것이므로,
  무단 전재 및 유포·공유를 금합니다.

目次

제1장	아, 개고기가 정말 맛있어	7
제2장	역시, 내 생각대로……	31
제3장	너넨 안 오냐?	57
제4장	훌륭한 전낭이지	69
제5장	코털은 뽑으면 아프다	89
제6장	역시 정상인은 아니야	111
제7장	케엑!	133
제8장	이, 이건 오해다	157
제9장	주안술 덕분이… 케엑!!	189
제10장	꼭 훈련을 이렇게 해야 하나?	207
제11장	심판은 내가 한다	235
제12장	장애로 만들어주마	271
제13장	네 팔을 자른 사람이 바로 내 사부다!	291

第一章 아, 개고기가 정말 맛있어

황룡난신

타닥타닥―

새빨간 불이 뱀과 같이 혓바닥을 날름거린다. 거기서 전해진 온기가 밤의 서늘함을 날려 버렸다.

운산과 우천이 하나의 나무에 서로 등을 기댄 채로 모닥불을 바라보고 있었다.

그 맞은편에는 걸왕이 습기에 차 축축하게 젖은 발싸개를 말리고 있었고, 주위에는 철혈난신 천자운을 적지에서 빼내기 위해 결성된 일종의 결사대가 각자 몸을 누인 채로 쉬고 있었다.

아. 개고기가 정말 맛있어

이곳은 적지다.

최대한 무인의 티를 내지 않아야 하고, 평범한 사람과 같이 행동을 해야 한다. 그러기 위해서 그들은 평범한 상단으로 위장을 했다.

장가상단(長家商團)이라고 써진 깃발이 밤바람에 휘날리었다.

그 깃발 아래에서, 결사대의 인원 전부가 황당한 표정을 지어 보이고 있었다.

그 이유는 바로 괴걸왕의 손에 들린 한 장의 전서구 때문이었다.

전서구는 무림맹에서 날아온 것이었는데, 그들이 적진 깊숙한 곳으로 들어가는 목적이 되는 사람, 자운에 대한 이야기가 쓰여 있었다.

괴걸왕이 계속해서 그 내용을 소리 내어 읽었다.

물론 이 밖으로는 소리가 새어 나가지 않도록 기막을 치는 것을 잊지 않았다.

"…여산에서 이적과 충돌, 압도적인 무위로 이적을 누른 후에 종적이 묘연해졌다."

괴걸왕이 전서구 읽는 것을 끝내었음에도 불구하고, 주변에는 아무런 말도 없었다.

그만큼 그 내용이 충격적이었던 탓이다.

적성은 무림에서 철혈난신이라 불리는 천자운을 잡기 위해 상당한 인원을 투입하여 여산 전체에 천라지망을 펼쳤다.

그 안에 들어간 고수의 수와 이름은 일일이 나열할 수 없을 정도로 많은 숫자였다. 그것으로도 부족해서 이적이라 불리는 칠적 중 서열 이 위가 투입되었다.

입 놀리기 좋아하는 호사가들과 발 빠르기로 유명한 매담자들은 이번에야말로 난신이 적성의 손에 명을 달리할 것이라고 생각했다.

하지만 그런 예상을 비웃기라도 하듯 자운은 홀연히 천라지망 속에서 빠져나왔다.

물론 명을 달리한 것은 자운이 아니라 이적이었다. 칠적 중 서열 두 번째라는 그를 압도적인 무위로 누르고 천라지망을 빠져나온 것이다.

그러자 호사가들과 매담자들은 그가 그간 모습을 드러내지 않은 삼 년이라는 시간을 주목했다.

누군가는 기연을 얻었을 것이라 했으며, 누군가는 우화등선 직전의 깨달음을 얻었다고 떠들어대었다.

많은 소문과 억측들이 난무했지만, 한 가지 확실한 것은 자운의 무공이 절대자의 반열을 넘어 고금제일을 논할 정도로 강력해졌다는 것이다.

"흘흘흘."

어처구니가 없는지 괴걸왕도 웃음을 흘리며 운산과 우천을 바라보았다.

그들도 딱딱하게 굳은 표정으로 모닥불을 응시하고 있었다.

침묵을 깬 것은 괴걸왕이었다.

"이것 참, 자네들의 사형은 그야말로 괴물이 되었어."

물론 속마음은 숨겼다.

'원래부터 괴물이었지만…….'

괴걸왕의 말에 운산과 우천이 고개를 끄덕였다.

"그러게 말입니다."

말을 하며 운산이 허공을 응시했다.

구하러 가기 직전에는 분명 대사형에게 자신들이 도움이 될 것이라고 생각했었다.

지금까지 도움만 받아왔기에, 그 은혜를 갚을 수 있을 것이라 생각했었다.

그런데 대사형이라는 존재는 어느새 아득히 자신들을 또 추월해 있다.

한편으로는 참 자운답다는 생각이 들었다. 따라잡아도 따라잡아도 멀어지는, 절대로 흔들리지 않는 목표, 그것이 자운인 것이다.

허공중에서 빛나는 북두의 별처럼 말이다.

"무림의 홍복이라면 홍복이라고 할 수 있는 게야. 흘흘흘."

괴걸왕이 개고기를 뒤집었다.

들개를 잡은 것인데 기름이 좔좔 하고 흐른다. 개방의 거지들이 개고기를 좋아한다는 말이 과연 거짓이 아닌 듯, 그가 개고기를 보며 침을 꿀꺽하고 삼켰다.

"그놈, 참 잘 익었구만."

넓적다리가 쭈욱 하고 찢어진다.

개고기 특유의 살결이 걸왕의 손에 따라 갈라졌다.

갓 익혀낸 것이라 겉면에서는 아직 하얀 김이 올라오고 있었다.

뒷다리 두 개를 찢어 든 그가 개다리를 운산과 우천을 향해 내밀었다.

"한 점 들겠는가?"

그들이 무의식적으로 개고기를 받아 든다.

운산이 개고기를 베어 물었다. 육즙이 입안 가득 배어 나왔다.

운산은 고기를 베어 물었음에도 불구하고, 우천은 고기를 계속해서 내려다보고 있었다.

그가 고기를 먹지 않고 바라만 보고 있자 걸왕이 발끝으로 우천의 허벅다리를 툭 하고 찔렀다.

"자네는 뭐하나? 개다리 놓고 제사 올리나?"

그의 말에 우천이 화들짝 놀라며 운산과 괴걸왕을 번갈아가며 바라보았다.

그리고는 고개를 절레절레 흔들었다.

"아닙니다. 그냥, 회의감이 좀 들어서요."

괴걸왕이 어느새 개 앞다리를 꿀꺽해 버리고는 볼 가득 고기를 담은 채 우천을 바라보았다.

"우겅우겅. 무슨 회의강 말하는 거싱가?"

입안 가득 고기가 차 있는지라 발음도 정확하지 않았고 침과 기분 나쁜 무언가가 튀어 나왔다.

운산이 질겁하며 뒤로 물러섰고, 괴걸왕은 신경 쓰지 않는다는 듯 다시 고기를 베어 물었다.

"그냥 말입니다. 대사형을 정말로 우리가 구하러 가야 하는 걸까요?"

괴걸왕의 손이 뚝 하고 멈췄다. 확실히 그 정도의 신위를 보인 사람을 구하러 가야 하는 걸까.

아니, 구하러 간다는 단어부터가 무언가 잘못되어 보이지 않는가. 그냥 가만히 두면 알아서 찾아올 사람으로 보인다.

우천이 답을 원하는 듯 괴걸왕을 바라보았다.

괴걸왕이 슬며시 고개를 돌리며 입안에 가득 차 있던 고기를 꿀꺽하고 삼켰다.

그가 답을 하지 않자 우천이 다시 묻는다.

"정말로 구하러 가야 하는 걸까요?"

괴걸왕이 그대로 뒤돌아 앉았다. 그리고는 개고기를 뜯으며 우천의 눈을 피했다.

동시에 딴소리를 늘어놓았다.

"흘흘흘. 오늘 따라 개고기가 정말 맛있구만."

"괴걸왕 어르신……."

"음음, 고기가 정말 맛있어. 누가 구운 것인지 기가 막히네."

고기는 괴걸왕이 구운 것이었다.

                *　　*　　*

결론부터 말하자면, 구하러 갈 필요가 없다고 해야 할 것이다.

"이야. 이 닭꼬치 정말 맛있는데?"

감숙과 여산의 사이에서 자운이 닭꼬치의 고기를 쭈욱 뽑아내며 말했다.

취록이 그 모습을 보고 자운을 향해 낮게 속삭였다.

"어휴. 그만 좀 해요. 여기가 적진이라는 걸 잊은 거예요?"

자운이 고기를 씹으며 그녀의 말에 히죽 하고 웃었다.

"알아. 알고 있으니까 이러는 거야."

그의 말에 놀란 것은 그녀였다.

"알면서도 지금 이렇게 눈에 띄게 행동한다는 말인가요?"

자운이 고기를 씹어 목으로 넘겼다.

"낄낄. 응. 내가 이적을 죽이는 거 봤어, 못 봤어?"

압도적으로, 절대의 경지에 오른 고수를 눌러 죽이는 자운의 모습을 그녀는 똑똑히 봤다. 여섯 마리에 달하는 황룡을 수족처럼 부리며 몸에 휘감은 그의 모습은 그야말로 천제(天帝)라고 하기에 부족함이 없어 보였다.

"봤어요."

"봤으면서 걱정을 하는 거야? 난 지금 놈들을 유인하고 있는 거야."

"유인이요?"

자운이 다 먹은 꼬치를 가볍게 삼매진화로 태워 버렸다. 나무로 만들어진 꼬치라 그런지 화르륵 하고 단번에 재가 되어 사라진다.

사람의 손에서 갑자기 불이 솟구치는 신기에 시장바닥을 거닐던 이들의 시선이 한순간 자운에게 집중되었다.

자운이 무림인이라는 것을 깨달은 이들이 자운에게서 멀어진다.

무림인의 주변에서는 사건사고가 끊어지지 않는다는 사실

을 잘 알고 있었던 탓이다.

덕분에 자운의 주변이 확하고 비었다. 그 탓인지 자운과 취록에게로 더욱 많은 시선이 집중된다.

그 속을 걸으며 자운이 취록의 말에 고개를 끄덕였다.

"그래. 내가 놈들의 시선을 끌수록, 적들이 몰려올수록, 전선에서 싸우고 있는 무림맹이 편해질 테니까. 원래는 이럴 생각이 아니었는데, 어차피 걸렸다면 확실하게 해줘야지."

취록이 고개를 끄덕였다.

"그렇군요."

자운이 그런 취록을 보며 씨익 하고 웃어 보인다. 무언가 장난기 넘치지만 불길해 보이는 웃음, 그 웃음에 취록의 어깨가 움츠러들었다.

"뭐, 뭔가요, 그 웃음은?"

자운이 가볍게 자신의 코끝을 만진다.

"그런데 문제가 하나 있어."

"문제라니요?"

그가 웃음을 유지한 채로 검지를 뻗어 취록을 지목했다.

"너. 짐덩이가 달려 있다는 거지."

자운이 어깨를 으쓱해 보였다. 한순간 짐덩이로 전락하자 취록의 얼굴이 일그러졌다.

자운이 손을 들어 그런 취록의 머리를 헝클어뜨렸다.

"뭐. 그래도 소중한 정보통이니까 그 정도는 감내해야겠지."

취록의 표정이 혼자 보기 아까울 정도로 더욱 구겨졌다.

객잔의 방을 두 개 잡은 자운과 취록이 여장을 풀었다.

얼굴은 물론이고 몸매 또한 빠지지 않는다.

누구를 설명하는 것인가 하면, 바로 취록을 말하는 것이다.

그녀가 얼굴이 잘 비치는 소형 동경을 내려다보며 푸욱 하고 한숨을 쉬었다.

'내가 좀 부족한가?'

절대로 아닐 것이다. 나이가 좀 많기는 했으나 그 나름의 매력이 있었다.

대체로 하오문의 여자 지부장이 그러하듯, 취록의 외모 역시 어디 내놓아도 빠지지 않을 정도로 아름다운 외모였다.

하지만 자운은 그녀를 아이 취급했다. 그 나이대의 남자가 보일 수 있는 반응이 아닌 것이다.

마치 수십 살 먹은 할아버지가 손녀의 재롱을 바라보듯 자운은 그녀를 내려다보았다.

물론 취록이 그를 남자로 의식하고 있는 것은 아니었지만, 그녀도 여자인지라 자존심이 상하는 것은 사실이었다.

'고자인가?'

그런 생각도 들었지만, 곧 취록은 고개를 절레절레 흔들었다.

그가 부리는 여섯 번째 황룡을 보지 않았던가.

염룡이라는 말이 딱 어울리는 양기의 집합체, 고자라면 절대로 그 정도의 양기를 쌓을 수 없다.

오히려 음기에 가까운 무공을 쌓았을 것이다.

염룡 하나만 놓고 보아도 그가 고자라고는 생각할 수 없는데, 괜히 무시당하니 자존심이 상했다.

똑똑—

그녀가 동경을 바라보며 미간을 찌푸리고 생각에 잠겨 있는 동안, 자운이 그녀의 방문을 두드렸다.

"뭐해. 대충 씻었으면 밥 먹으러 내려가지?"

취록이 황급하게 동경을 자신의 품속으로 숨겼다. 손바닥보다 작게 만들어진 동경인지라 그녀의 가슴팍 속으로 쏙 하고 들어간다.

"나가요!"

객잔의 일층으로 내려가자 식사 중이던 이들의 시선이 집중되는 것이 느껴진다.

'그래, 아직 죽지 않았어.'

스스로의 매력이 살아 있다는 것에 위안을 느낀 것인지 취록의 콧대가 한껏 올라갔다.

아. 개고기가 정말 맛있어

자운이 가볍게 손끝으로 그녀의 코를 퉁 하고 때렸다.
"아얏!"
그녀가 뾰족한 비명을 지르고, 자운이 씨익 하고 웃었다.
사람을 때려놓고 저렇게 기분 좋게 웃다니…….
'변태가 분명해.'
그녀의 속마음을 아는 것인지 모르는 것인지 자운이 죽엽청을 들이키며 말했다.
"무슨 생각을 그렇게 하길래 콧대가 한껏 올라갔을까?"
자운이 고개를 빙글 하고 한 번 돌렸다.
"아뇨. 아직 제가 죽지 않았다는 생각이 들어서요."
자운이 그 말이 맞다는 듯 고개를 끄덕였다.
"그렇지? 그 나이에 벌써 매력이 죽으면 안 되지. 물론 아직 꼬맹이지만."
자운이 입맛을 다셨다. 세간에 알려진 자운의 나이는 사십 줄이다. 물론 실제 나이와는 백오십 년이 넘게 차이가 나지만, 일단 세간에는 그렇게 알려졌다.
사십 줄의 나이이지만, 고강한 무공으로 인해 이십대의 외모를 유지하고 있는 것이라고 말이다.
취록은 타고난 동안으로 스물 중후반으로 보이지만 실제로는 서른 초반이다.
세간에 알려진 자운의 나이와 고작해야 열 살 정도밖에 차이나지 않는 것이다.

취록이 그 말을 그대로 뱉었다.

"왜 계속 꼬맹이 꼬맹이 하는 거예요? 열 살 정도밖에 차이가 나지 않는데!"

자운이 픽하고 웃으며 손을 들러 점소이를 불렀다.

"그랬으면 얼마나 좋겠냐. 어이, 점소이. 여기 소면 두 개하고 오리구이 한 마리. 죽엽청은 한 병 더 주고!"

취록의 눈이 반짝하고 빛이 났다. 세간에 알려진 것보다 나이가 훨씬 많을까?

그렇다면 정말로 전설 속에서나 나오는 반로환동?

온갖 생각이 그녀의 머릿속을 맴돌았다.

자운이 손가락으로 또 그녀의 코끝을 튕겼다.

"아얏!"

"네가 무슨 생각하는지 다 보인다. 머리 굴러가는 소리가 어떻게 내 귀에까지 들리냐."

"그럼 머리 안 굴리게 속 시원하게 말을 해봐요. 나이라든가 그런 거요."

자운이 죽엽청에 비친 자신의 얼굴을 내려다보았다. 나이에 비해서 말도 안 될 정도로 젊어 보이는 외모.

"내가 지금 몇 살 정도로 보여? 순수하게 얼굴만 놓고 봤을 때."

그의 말에 취록이 자운의 얼굴을 물끄러미 바라보았다.

"스물여덟, 스물아홉 정도요?"

자운이 고개를 끄덕이며 손가락 두 개를 더했다.

"이십 년을 더하라고요?"

자운이 고개를 절레절레 흔든다.

"이십이 년을 더하라고요?"

자운이 또 고개를 절레절레 흔들었다. 그리고는 펼쳤던 손가락을 거두어들이며 농을 던지듯 말을 툭하고 터놓았다.

"거기다 이백이 년만 더해라."

그렇게 되면 이백서른한 살이 된다. 취록이 경악할 듯 눈을 크게 치켜떴다가, 이내 곧 자신을 놀리는 것이라 생각했는지 발끈해서 말했다.

"놀리지 말고 제대로 말해줘요."

"글쎄. 비밀이 많은 남자는 매력적인 법이지."

"당신은 아니거든요."

"어? 오리구이 나왔다. 밥이나 먹자."

자운은 끝까지 자신의 나이를 말해주지 않았다.

물론, 말해주었지만 그것이 진짜라는 생각은 취록으로서 감히 할 수 없었다.

자운이 걸신들린 것처럼 오리구이를 뜯다가 움직임을 뚝

하고 멈췄다.

그가 뼈째로 씹고 있던 오리다리를 입에서 빼낸 채로 취록을 바라보았다.

자운이 갑작스럽게 취록을 바라보자 조신하게 소면을 먹던 그녀가 무슨 일이냐는 듯 자운을 바라본다.

"무슨 일이에요?"

"아니. 너 시집갈 일이 생길 거 같아서."

자운의 말에 그녀가 눈을 크게 치켜떴다. 갑자기 밥 먹다가 시집은 무슨 시집이라는 말인가.

"자다가 봉창 두드리는 소리 하지 말고 밥이나 마저 먹어요."

그녀의 말에 자운이 객잔의 문 쪽으로 눈짓을 했다.

한 무리의 사내가 모습을 보이고, 그 중간에 꽤나 준수하게 생긴, 하지만 어딘가가 야비해 보이는 청년이 서 있었다.

청년의 시선은 취록을 향하고 있었는데 간간히 이글거리는 시선으로 자운을 노려보기도 했다.

"왜 저런 시선을 보내는 거래요?"

그녀가 고개를 숙여 낮게 속삭였다.

자운이 오리다리를 마저 씹으며 어깨를 으쓱해 보였다.

"날 질투해서?"

"무슨 이유로요?"

자운이 손가락으로 자신의 날카로운 턱 선을 매만졌다. 무공을 익힌 덕분에 지방이라곤 전혀 없고, 근육만 말끔하게 남은 그의 몸과 얼굴의 선은 날카롭기 그지없다.

"내가 좀 잘생겼냐. 남자라면 누군들 질투할 만한 외모지."

확실히 자운의 외모는 여성스러워 보이는 면 속에 남자다운 굵음이 있는지라 상당히 잘생긴 외모라 할 수 있었다.

이야기 속의 반악에 비할 바는 아니지만, 그래도 어디서 비교할 만한 얼굴을 찾기가 어려울 정도는 되었다.

하지만 취록이 피식하고 웃었다.

"퍽이나요."

자운의 태도가 재미있었던 탓이다. 그녀가 웃자 자운이 고개를 으쓱했다.

"아니면 말고. 밥이나 먹지."

그가 씹던 오리다리를 모두 해치우고, 오리 날개를 향해 손을 뻗을 때, 입구에서 취록과 자운을 바라보던 청년이 걸어왔다.

자운이 있는 식탁의 앞에 멈춰 선 그가 취록과 자운을 내려다보았다.

"합석해도 되겠습니까?"

"아니. 빈자리도 많은데 딴 데로 가."

자운의 말에 그의 미간이 꿈틀했다. 하지만 정작 나선 것은 그의 옆에 서 있던, 그의 호위무사로 보이는 이였다.

묵직하게 생긴 몸과 얼굴에, 칼밥 꽤나 먹은 듯 눈에는 길게 상처자국이 있었다.

"너 이놈. 이분이 누구신지 알고 그런 말을 하는 것이냐."

자운이 먹던 오리 날개 뼈다귀를 던져 그의 앞에 놓았다.

툭―

"아니, 몰라. 객지에서 왔거든. 그럼 이 오리 뼈다귀 같은 자식아. 넌 내가 누군지 알고 그런 말을 하는 거냐?"

절대로 그럴 리가 없다.

취록이 고개를 절레절레 흔들었다.

목숨이 아깝다면, 지금 눈앞에 능글맞은 미소를 짓고 있는 남자에게 스스로 나서서 시비를 걸 사람은 없을 것이다.

"이놈이!"

호위무사가 검을 뽑으려 했으나 그것을 말린 것은 청년이었다.

"어허. 숙녀 분 보는 앞에서 이게 뭐하는 짓입니까."

자운이 웃음이 터져 나오는 것을 애써 참았다. 하지만 입 사이로 비집고 나오는 웃음은 어쩔 수 없었다.

"킥킥킥!"

자운이 비웃음을 흘리지만, 그는 애써 찌푸려지는 미간을 숨기며 취록을 바라보았다.

하지만 취록 역시, 자운과 마찬가지로 웃고 있었다.

연극하는 것이 뻔히 보였던 것이다.

하오문의 지부장에 올라가기 위해서 필요한 것은 정보를 다루는 능력만이 아니다. 눈치를 비롯해 상황을 파악하는 능력 역시 필요했다.

그것을 모두 일반인들보다 월등히 해낼 수 있었기에 지부장의 자리에 오른 그녀가 지금 이 눈앞의 사내들이 무엇을 하고 있는 것인지 눈치채지 못할 리가 없었다.

"흠흠."

취록이 웃자 그가 헛기침을 했다. 그리고는 공손하게 취록을 향해 고개를 숙여 보인다.

"저는 환신방의 조천룡이라고 합니다. 미흡하나마 소방주의 위치를 맡고 있지요. 그런데, 아름다운 소저의 이름을 저에게 알려 주실 수 있는지요?"

자운이 킥하고 웃으며 취록을 향해 물었다.

"푸하하하하! 아이고, 배야. 아, 배 아파 죽겠다. 아는 문파야?"

그의 물음에 취록이 고개를 끄덕였다.

"근처에서는 따라올 곳이 없는 문파예요. 환신방주 조일융은 환검으로 절정에 이른 실력을 가지고 있어요. 그리고……."

"그리고?"

자운의 물음에 그녀가 마지못해 머뭇거리며 답했다.

"적성의 중요거점 중에 한 곳이에요. 환신방은 섬서와 감숙을 이어주는 길목에 위치하고 있거든요. 적성의 가호 때문인지, 본래 중소 규모의 문파였던 환신방은 섬서에서 알아주는 대문파로 성장했지요."

자운이 고개를 끄덕였다.

"그렇군. 결론부터 말하면 적성의 위세를 입어 호가호위하는 호랑이인 척했지만 결국은 여우 정도밖에 안 되는 문파라는 거잖아."

취록의 입에서 환신방의 위세를 설명하는 말이 나오자 어깨가 한껏 펴졌던 그가 매서운 눈으로 자운을 노려보았다.

"소저. 내 소저의 방명을 알지는 못하지만 한 가지 충고를 해야겠소. 이 무례한 놈과 소저는 어울리지 않으니 같이 다니지 않는 게 어떻소?"

자운이 젓가락으로 가볍게 탁자를 두드렸다.

"그래? 안 그래도 얘가 혼기가 꽉 찼는데 날 따라다녀서 머리가 아프던 참이거든. 네가 데려갈래?"

취록이 소리를 빽 하고 질렀다.

"그러기에요?!"

자운이 능글맞게 웃으며 탁자를 두드리던 젓가락으로 머리를 긁었다.

"뭐 어때서 그래. 적성의 가호를 받는 문파라면 신혼집으로 나쁘지 않지 않아?"

자운이 씨익 하고 웃으며 일어났다. 그 미소는 분명한 살기를 띠고 있었다. 그가 그대로 손을 뻗었다.

"물론 내 손에 풍비박산이 나겠지만."

우득—

자운의 양손이 호위무사와 조천룡의 목을 움켜잡았다.

자신들의 우두머리 격인 두 사람이 잡히자, 주변의 다른 무사들이 칼을 뽑아 들었다.

"너네 덕분에 크게 웃기는 했는데, 입맛이 확 떨어졌다. 이걸 어떻게 보상할 거지?"

살기 섞인 자운의 목소리에 조천룡의 표정이 창백하게 변했다.

"히익. 내, 내 뒤에 누가 있는지 알고 그런 말을 하는 것이냐?"

환신방을 믿는 것인지, 그렇지 않으면 적성을 믿는 것인지는 알 수 없었지만, 놈은 자운에 대해서 몰라도 너무 몰랐다.

"그럼 너는 내가 누구인지 알고 그런 말을 하는 거냐?"

자운이 낄낄거리며 웃었.

그 웃음소리를 타고 살기가 객잔 가득히 퍼져 나갔다.

가벼운 웃음일진대, 단번에 객잔의 분위기가 물 먹은 솜 마냥 축 하고 늘어져 끈적하게 달라붙었다.

그 무게는 조천룡의 어깨를 무겁게 눌렀다.

"네, 네가 누구인지는 상관없다. 나, 나를 손대면 아버지께서 너를 살려두지 않으실 테니까!"

자운이 피식하고 웃는다.

그리고 동시에,

우득—

그의 왼팔이 뒤로 우드득 하고 꺾였다.

뼈가 부러지는 고통에 조천룡이 미친 듯이 비명을 질렀다.

"으아아아아악!"

털썩—

"시끄러워."

비명을 지르는 조천룡을 한쪽에 던져 버린 후에 자운이 귀를 막았다.

그리고는 그의 호위무사를 발끝으로 찼다.

"으악!"

치대골이 발끝에 맞자 호위무사가 펄쩍 뛰었다.

"네 주인을 데리고 방으로 돌아가서 내 말을 전해라."

자운이 얼굴을 한없이 차갑게 굳히고는 그를 향해 낮게 말했다.

"사신이 찾아갈 테니. 온 힘을 다해서 맞을 준비를 하라고."

그 스산한 살기에 호위무사가 비명을 질렀다. 그리고는 주인을 버려둔 채로 빠르게 객잔 밖으로 뛰어나갔다.

자운이 놈의 뒷모습을 보며 한심하다는 표정을 지었다.

그가 남아 있는 무사들을 향해 소리쳤다.

"뭐해? 너네 주인 챙겨서 너네 문파로 꺼져. 내가 한 말 꼭 전하고."

황룡난신

조일융을 한 마디로 표현하자면 호색한.
그보다 더 잘 어울리는 단어를 찾기는 어려울 것이다.
그는 술을 좋아하며 여자를 밝힌다.
하루라도 계집이 없이는 잠에 들지 못할 정도로 여색을 탐하며 술을 한 동이 이상 마시지 않고는 정상적인 걸음을 할 수 없을 정도의 중독자였다.
"낄낄낄. 속살이 곱구나."
환신방의 방주라는 자리에서 그가 손을 뻗으면 얻지 못할 것은 없었다.

역시. 내 생각대로……

고급 술이 먹고 싶으면 뺏으면 되는 것이고 계집이 가지고 싶다면 취하면 되는 것이었다.

그가 손을 뻗어 몸을 떨고 있는 여인의 가슴을 우악스럽게 움켜쥐었다.

"아아!"

신음성인지 침음성인지 알 수 없는 비음을 흘리는 여인을 내려다보며 그가 혀를 이용해 입술을 축인다.

"좋구나. 좋아."

음색에 가득 찬 눈이 희번득 하고 빛났다.

그가 단번에 여인을 탐하려는 찰나, 그의 수하가 그의 방으로 뛰어 들어왔다.

"방주님! 방주님!"

지금 막 재미를 보려던 그로서는 그야말로 방해꾼이 아닐 수 없었다. 하지만 그 정도 일로 단칼에 부하를 죽일 수는 없다.

그가 불편한 심기를 미간 가득히 드러내며 방금 뛰어 들어온 수하를 바라보았다.

"무슨 일이길래 그렇게 소란을 떠는 것이냐?"

수하가 보는 앞임에도 불구하고 여자를 탐하는 것을 그치지 않는다. 그는 수하가 보든 말든 여인의 가슴팍에 넣은 손을 계속해서 움직여 여인의 가슴을 희롱했다.

"아아."

여인의 입에서 비음이 흘러나오고, 그 모습에 수하가 한순간 흠칫했다.

하지만 지금 이 말은 전해야 한다. 그 이유는 다름이 아니라 지금부터 그가 전하려는 말이 환신방의 소방주인 조천룡에 관계가 있기 때문이었다.

"소방주님께서……."

그가 방금 있었던 일에 대해서 짤막하게 조일융에게 고했다.

정체를 알 수 없는 고수와의 충돌과 그 고수가 했던 말까지.

조일융은 술과 여자를 탐하기도 하지만 그만큼 자신의 아들을 챙기는 이이기도 했다.

화가 머리끝까지 뻗치자 여인의 가슴을 떡 주무르듯하는 손에 더욱 힘이 들어갔다.

"으으아."

조일융의 손길이 아팠던 것인지 그녀가 고통스런 신음을 흘린다.

하지만 조일융은 손에서 전혀 힘을 뺄 생각이 없어 보였다.

"내 아들의 팔을 부러뜨린 것으로 모자라서 뭐? 이곳으로 찾아오겠다고 했다고?"

수하가 고개를 끄덕였다. 그가 주무르던 여인을 방 한쪽 구석에 집어 던졌다.

강한 힘으로 집어 던진 것이라 무공을 모르는 여인으로서는 견디기 힘들었을 것이다.

"아악!"

그녀가 비명을 지르며 날아가 바닥으로 굴렀다.

정신을 잃은 듯 고개를 떨구어 내렸다.

그러고도 화가 풀리지 않은 것인지 그가 주먹을 말아 쥐어 탁자를 내리쳤다.

쾅!

나무로 만들어진 두툼한 탁자가 단번에 박살이 나 사방으로 흩어진다.

"그래. 온다고 하면 친히 맞아줘야겠지. 죽으러 온다고 하는데 묫자리는 거창하게 해줘야 하지 않겠어?"

놈을 찢어죽일 생각이었다.

감히 자신의 아들의 손을 부러뜨려?

적성의 비호를 받고 있는 환신방에서는 감히 상상조차 하기 힘든 일이었다.

"별채에 머무르는 적성의 객들께도 말씀을 알릴까요?"

그 말에 조일륭이 콧방귀를 낀다.

고작 의협심 하나 주체하지 못하는 애송이를 처리하는 데 무슨 적성의 힘을 빌린단 말인가.

비록 환신방이 적성의 하부단체 역할을 하고 있기는 하지만, 그런 일까지 일일이 말해야 한다면 적성 내부에서 환신방의 위상이 떨어질 것이다.

그것은 그가 원하는 바가 아니었다.

이런 일 정도는 스스로 처리해 보이고, 적성에게 더욱 잘 보일 수 있을 만한 일을 해야 한다.

그리해야만 적성 내부에서 환신방과 자신의 위치가 더욱 탄탄해질 것이다.

"흥. 그런 일은 본 방의 힘으로도 얼마든지 처리할 수 있다. 모든 제자들을 불러 모아 대기를 하도록 하게 해라."

"이보시오. 당신들 이제 큰일이 났소!"

객잔의 주인이 호들갑스럽게 자운과 취록을 향해 말했다.

그의 말에 자운이 눈을 가늘게 뜨고 객잔 주인을 바라본다.

"큰일이라니? 그게 무슨 소리지?"

그리고는 아무 일도 없다는 듯 오리를 내려다본다.

"어! 누가 오리다리 다 먹었어!"

취록이 무사태평하게 보이는 자운의 모습에 피식하고 웃었다. 당금에 있어 누가 지금 이 사람을 위협할 수 있다는 말인가.

그것은 아무리 생각해도 불가능한 일이었다.

천하제일인에 가깝다고 추앙받는 이들이 이 시대의 절대자들이고, 그 절대자들과 어깨를 나란히 할 수 있는 고수가 적성의 칠적이었다.

그중 서열 이 위를 아주 처참하게 짓뭉개어 버렸다.

그런 무력을 가진 이가 눈앞에 있는 사람이다.

"당신이 다 먹었잖아요."

그런 이가 이리도 가벼운 농을 던지는데 어떻게 웃지 않을 수 있을까.

취록의 말에 자운이 뜨악하는 얼굴을 해 보였다.

"아. 젠장. 역시 오리는 다리가 제맛인데. 이보시오, 주인장. 여기 오리 통구이 하나만 더 해줘요."

안일하게 오리를 한 마리 더 주문하는 자운을 보며 주인이 제자리에서 방방 뛰었다.

"아니, 이보시오. 제발, 제발 도망을 가란 말이요. 아까 당신이 발을 부러뜨린 그 사람이 누구인지 아시오?"

자운이 피식하고 웃었다.

"환신방의 소방주라고 지들 입으로 말했었지."

"그럼 그들이 얼마나 무서운 사람인지 모른다는 말이요?"

자운이 고개를 절레절레 흔들었다. 그리고는 다리 없는 오리를 보며 입맛을 다신다.

"잘 모르겠는데. 그것보다 주인장은 정말로 오리 한 마리 더 안 구워줄 거야?"

주인이 발을 더욱 동동 굴렀다.

"지금 당신들이 죽게 생겼단 말이요. 오리는 도대체 무슨 오리!"

버럭 하고 소리를 지르는 듯한 외침, 자운이 탁 하고 탁자를 손바닥으로 가볍게 때렸다.

"죽긴 누가 죽어. 오리 구워주기 싫으면 말아. 객잔이 여기만 있는 것도 아니고."

자운이 취록을 흘깃 하고 바라보았다. 폐관에서 나왔기 때문에 자운은 돈이 한 푼도 없다. 지금까지 계산은 전부 취록이 한 것이었다.

취록이 가볍게 한숨을 쉬며 전장을 뒤져 셈을 한다.

"여기 밥값이요."

쩔그렁—

식탁 위에 값을 올려두는 그녀를 보며 자운이 휘적휘적 걸음을 옮겨 객잔의 문을 향해 걸어 나갔다.

그런 자운을 취록이 뒤따랐고 두 사람의 모습을 객잔 주인이 불안한 표정을 지으며 바라보고 있었다.

그렇게 앞으로 걸어 나가던 자운의 걸음이 우뚝 하고 멈추고, 그가 고개를 돌려 객잔의 주인을 돌아보았다.

"그런데 말이야. 환신방 녀석들 나쁜 새끼들이지?"

자운이 씨익 하고 웃었다.

환신방으로 가기 전, 자운은 이곳저곳을 돌아다니며 환신방에 대한 정보를 수집했다.

"역시. 내 생각대로……."

그 결과 자운이 내린 결론은 간단했다.

"개자식들이네."

불법적인 사채로 서민들을 뜯어먹는 걸로도 모자라서 인신매매까지 강행하고 있었다.

전형적인 사파의 모습. 자운이 피식 하고 웃음을 터뜨렸다.

그런 자운의 모습이 잘 이해가 되지 않는 것인지 취록이 자운을 향해 질문을 던진다.

"이런 것들을 조사하고 다니는 이유가 뭐죠?"

자운이 그녀를 돌아보았다. 키가 머리 하나만큼 더 큰 자운의 눈이 그녀를 내려다본다.

"왜, 내 성격상 그냥 달려가서 다 부수고 끝내 버릴 거라고 생각했나 보지?"

취록이 고개를 절레절레 흔들었다.

"꼭 그런 건 아니지만……."

"꼭?"

"……."

자운이 과장스럽게 이마를 잡으며 어깨를 으쓱거렸다.

"이야. 이건 이거대로 슬프네. 내가 그렇게 앞뒤 없는 놈인 줄 알았다니. 굉장히 슬퍼."

그가 몇 차례 고개를 끄덕이더니 다시 취록을 바라보았다. 이번에는 꽤나 진지한 눈으로 말했다.

"사실 나도 확신이 서지 않았거든."

"뭐가요?"

"적성이라는 새끼들이 정말 나쁜 놈들인지 말이야. 사실 나쁜 새끼들이 아닌데 우리랑 대치하고 있는 거라면 그건 그거대로 별로 좋은 건 아니잖아? 그래서 좀 알아봤는데, 이런 사파를 거점으로 선택하는 문파라면 확실히 좋은 새끼들은 아니야."

자운이 고개를 끄덕이며 계속해서 말을 이어나갔다.

"조금 비약으로 들릴 수 있을지 모르지만, 이런 개새끼들을 부리는 건 단 하나의 이유밖에 없겠지."

자운이 주먹을 으스러질 듯 강하게 움켜쥐었다.

"놈들이 더 큰 개새끼라는 이유. 그거 하나뿐이지."

* * *

콰앙—

거칠게 발로 찬 문이 안으로 날아갔다. 단순한 발길질이었지만 자운이 내공을 담아 찬 것이다.

그 위력이 작을 리가 없었다.

콰과과과—

목문이 바람을 밀어내고 사방을 휩쓸었다.

콰앙— 우지끈—

그 기둥과 충돌한 기둥이 그 자리에서 와르르 하고 무너져 내렸다.

자운이 부서진 대문을 뒤로하고 그 안으로 발을 집어 넣었다.

그리고는 자신을 기다리고 있는 흉흉한 기세의 무인들에게 한마디씩 했다.

"어이. 안녕들 하신가?"

나름대로 괜찮은 인사라고 생각했다.

발에 차여 날아간 문짝이 흉측하게 기둥에 처박혀 있다. 자운이 그 모습을 여유롭게 감상하며 환신방의 중앙으로 걸음을 옮겼다.

그 뒤를 취록이 뒤따랐다. 혹시나 위험하지 않을까 생각을 했지만, 지금 취록의 앞에 있는 사람은 다른 사람이 아닌 자운이다.

그와 함께 있는 한 절대로 위험할 일이 없었다.

눈앞의 남자는 염라대왕이라도 코털을 잡아 뽑아 버릴 사람이었으니 말이다.

주변에서 흉흉한 기세가 느껴졌지만 자운은 여유를 잃지 않는다.

이런 기세쯤이야 하는 표정으로 가볍게 받아 넘기고 있었다.

"하하. 난 꽤 괜찮은 인사라고 생각했는데 너넨 아닌 모양이네."

자운이 씨익 하고 웃으며 높은 곳에 앉아 있는 환신방주 조일융을 바라보았다.

"이, 이놈!"

자운이 벌여놓은 만행을 바라보며 그가 소리쳤다. 자운이 웃으며 맞받아친다.

"왜, 저놈아!"

그리고는 씨익 하고 웃었다.

"아. 이게 아닌가."

조일륭의 옆에는 조천룡이 서 있었는데 부러진 왼팔에 부목을 댄 채로 온몸을 부들부들 떨고 있었다.

그가 부러지지 않은 오른팔을 들어 자운을 가리켰다.

"아, 아버지. 저놈입니다. 저놈이 제 팔을!"

자운이 놈의 눈을 마주보며 웃어 보인다.

"아아. 시킨 대로 잘 전했나 보네. 확실히 전력을 다해서 날 맞을 준비를 하고 있었네."

조일융이 버럭 하고 소리쳤다.

"이놈! 널 찢어 죽일 것이다. 그 오만한 태도가 언제까지 이어지는지 보도록 하지!"

자운이 시끄럽다는 듯 귀를 막았다.

"찢어 죽여? 누구를? 설마 나를."

그 자리에서 배를 잡고 박장대소하는 자운 그 모습이 사뭇 오만하기도 하고 장난스럽기도 하여 종잡을 수가 없다.

"아아. 간만에 정말 크게 웃었다. 미안한데 여기서 나를 찢어 죽일 수 있는 실력자는 없어."

자운이 허리춤에 있는 황룡신검을 손가락으로 가볍게 때렸다.

툭툭—

"물론 칼을 뽑을 필요도 없지."

자운이 다시 손을 뻗어 조일융을 향해 손가락을 까닥였다.

명백한 도발!

"와봐."

조일륭이 소리쳤다.
"놈을 죽여!"

사방에서 적들이 쏟아져 나왔다. 자운이 그 기세를 느끼며 웃었다. 적성이 펼친 천라지망도 농락하고 유유히 빠져나와 버린 그다.

환신방의 전력은 비유하자면 자운에게 있어 유흥거리, 그 이상도 그 이하도 아니었다.

물론 자운이 철혈난신이라는 것을 모르는 환신방의 제자들이 불나방처럼 자운에게 달려든 것은 당연한 사실이었다.

자운이 오른발을 앞으로 뻗었다.

그리고는 발을 바닥에 내려놓는다.

간단하고 가벼운 움직임이었으나 그 속에 담긴 힘은 적지 않았다.

쩌저저적—

발끝에 담긴 진각이 넓게 뻗어나갔다.

쩌저저저저적—

마치 지진이라도 일어난 것처럼, 돌을 깎아 만들어둔 바닥이 갈라졌다. 그리고 그 갈라진 틈 사이로 세찬 기파가 뻗어 나온다.

진각에 담긴 기운이 바닥을 가르고도 남아도는 힘을 주체

하지 못해 새어 나오는 것이었다.

그 기파에 자운을 향해 뛰어오른 이들이 단번에 쓸려 나갔다.

"으아아아악!"

죽은 이는 아무도 없었으나 그야말로 난장판이 되었다. 이리저리 넘어지고 부러지고 찢어진 상처를 입은 이들이 대다수였다.

사람 사이에 깔려서 끙끙거리고 있는 이도 있었다.

자운이 그들을 돌아보며 말했다.

"마지막 기회를 주지! 인신매매, 뇌물, 사체, 나는 이런 것 몰랐다 하는 사람은 지금 당장 앞으로 나와라."

자운이 돌아보며 말했으나 아무도 나오지 않는다. 단 한 사람도 나오지 않자 자운이 자조적인 웃음을 지어 보였다.

"하긴. 이런다고 나올 리가 있나. 더군다나 자파의 일인데 몰랐다고 할 수 있는 문제도 아니지."

자운이 주먹을 쥐었다.

"그러니 이제 진짜로 한번 해보자."

조일융과 조천룡은 눈앞에서 벌어지는 일을 절대로 믿을 수가 없었다.

그야말로 학살, 단 한 사람에 의한 학살이 벌어지고 있었다.

거기다 웃기기까지 한 것은 상대에게 스치지도 못했다는 사실이었다.

"어, 어떻게 이럴 수가 있지?"

상대는 그냥 의협심이 넘치는 애송이가 아니었다. 그렇다고 해서 평범한 고수도 아니었다.

그야말로 올려다볼 수도 없을 정도의 고수였다.

위에서 내려다보고 있었기에 지금 벌어지는 상황을 모르려야 모를 수가 없었다.

그가 손을 뻗을 때마다 환신방의 제자들이 픽픽 쓰러져 나갔다.

"이, 이런 말도 안 되는 일이."

인정할 수 없는 현실에 자신의 손등을 꼬집어보자 고통이 느껴진다.

이것은 분명히 현실이다.

아수라장을 바라보는 조일융의 눈에, 자운의 뒤에 있는 여인의 모습이 들어왔다.

자운이 종횡무진 움직이고 있어 누구도 그녀에게는 신경을 쓰지 않고 있었지만, 그녀는 분명 자운의 일행이 분명했다.

"이익! 여자를 인질로 잡아! 여자를 인질로 잡아서 놈을 멈추게 해!"

명을 받은 부하 몇이 움직였다.

검을 들고 취록을 향해 다가간다. 하지만 조일융이 모르는 것이 있었다. 비록 자운에 비해서 새 발의 피라고는 하지만 취록 역시 무공을 익히고 있다는 점이었다.

하오문의 지부장까지 올라갔던 그녀다. 비록 넘치게 강하지는 않을망정 자신의 몸을 지킬 정도의 무공은 가지고 있었다.

그녀가 허리끈을 풀었다.

촤라락―

그녀의 허리끈이 빳빳하게 일어났다.

허리끈으로 위장한 연검이었던 것이다!

"어딜 감히 다가오는 거야!"

그녀가 소리를 치며 연검을 뿌렸다. 부드럽게 곡선을 그린 연검이 단번에 셋이나 되는 적을 베어내었다. 나름대로 일류에는 올랐다고 자부하는 그녀다. 수가 너무 많으면 감당하기 힘들겠지만 자신의 주변으로 다가오는 적들 정도는 얼마든지 처리할 수 있었다.

그런 그녀의 모습에 자운이 고개를 끄덕이며 엄지손가락을 치켜세웠다.

"제법인데!"

"그럼요. 단순한 정보통이 아닌 건 잘 아시겠죠?"

이적과 싸울 때 들었던 말인데, 꼭 이렇게 한마디 해주고 싶었다.

취록의 말에 자운이 인정한다는 듯 고개를 끄덕였다.

"물론 넌 단순한 정보통이 아니야!"

"그럼요?"

사방에서 적들이 몰려오는 와중에도 자운이 씨익 하고 웃으며 농담을 준비했다.

"훌륭한 전낭 겸 정보통이지. 알다시피 내가 돈이 좀 없잖아?"

아아, 이 사람은 정말 안 될 사람이야.

취록이 고개를 절레절레 흔들었다. 진심인지 농담인지 알 수 없는 말을 막 던지는데, 그게 상처가 된다.

취록이 푸욱 하고 고개를 숙였다.

왜 이런지는 모르겠다.

그 순간, 자운이 지풍을 뻗었다.

퍼억—

취록의 뒤에서 그녀를 노리던 적 하나가 단번에 머리에 구멍이 난 채로 넘어진다.

"그러다 다친다."

인질로 잡으려 했던 여자까지 한 무공을 한다. 조일융으로서는 상상도 하지 못했던 결과다. 그 결과로, 자신의 제자들이 더 빨리 쓰러지고 있었다.

제자들이 쓰러지는 모습이 마치 파도와 같다. 손을 뻗을 때마다 한 무리의 제자가 쓰러졌다.

그렇다고 그 속도가 빠르지도 않았다.

마치 조일융을 놀리려는 듯, 느긋하게 자신의 제자들 사이를 걸어다니며 조금씩 쓰러뜨렸다.

그런 그의 뒤에서 인기척이 느껴졌다.

별당에 묶고 있던 적성의 객들이었다.

"흘흘흘. 힘들어 보이는구만."

모두 적성에 속해 있는 고수들이었는데 그 수는 일곱으로, 다섯은 백홍에 속하는 이들이었고 둘은 삼십단에 속하는 이들이었다.

사실 삼십단에 속하는 이들은 무림에서도 꽤나 알아주는 고수에 속한다.

절대자에 미치지는 못하겠지만 무림 서열 백 위 안에 들어가는 고수들과 비교를 한다면 능히 그들과 어깨를 나란히 할 수 있을 정도의 고수들이 바로 삼십단에 속하는 이들이었다.

그런 이들이 둘이나 환신방에 와 있다?

그것은 환신방이 전략적으로 얼마나 중요한 곳인지 증명하는 것이나 마찬가지였다.

환신방은 무림맹의 영역이라 할 수 있는 감숙과 지척에 닿아 있었고 근처에는 뱃길까지 있었다.

전략적으로 포기할 수 없는 곳이 바로 환신방.

조일융이 그들을 보고는 환하게 웃었다.

이들의 힘을 빌릴 생각은 없었지만, 지금 당장은 후에 무엇을 들어주는 한이 있어도 힘을 빌려야 할 것이다.

"저기. 저놈을 죽여주십시오!"

삼십단 중에서도 십 위 안에 들어가는 십절마조(十絶魔爪) 중금탁이 고개를 끄덕였다.

"꽤나 실력이 되는 아해로구나."

그의 손가락은 단번에 사람의 몸을 열 조각으로 잘라 버릴 정도로 빠르다.

손가락이 열 개라면 열한 조각으로 잘려야 하는데 열 조각으로 잘리는 이유는 간단했다. 그의 손가락이 아홉 개밖에 없었기 때문이다.

무공을 익히다 주화입마에 들게 되었고 그것을 이겨내기 위해 스스로 손가락 하나를 씹어 먹는 고통을 주어 벗어난 이력이 있는 그는 당연히 손가락 하나가 다른 사람에 비해서 적었다.

"클클클. 좋네. 내 조 방주가 적성에 많은 도움을 주는 것을 알고 있으니 이 노구를 움직이도록 하지."

그가 발을 끌었다.

뒤를 이어 다른 한 명의 삼십단인 조홍구와 다섯의 백홍이 움직였다.

중금탁의 몸이 날았다.

휘익 하고 날아오른 그의 손가락 끝에 강기가 모여들었다.

"이놈아. 이것도 받아보거라."

손가락에 딱 맞는 대나무를 끼운 듯 그의 손에서 강기가 쑤욱 하고 솟아났다.

그 수가 아홉, 아홉의 강기가 이리저리 움직이며 자운을 향해 떨어져 내렸다.

그 모습이 벼락이 떨어지는 모습과 같다.

자운이 고개를 들었다.

중금탁은 자운의 당황한 모습을 생각하며 미소 지었다. 그런 중금탁을 향해 자운이 마저 미소를 지어 주었다.

"얼마든지 받아줄게."

자운 역시 뻣뻣하게 손을 세웠다.

황룡문의 조법, 황룡의 손이 자운의 손을 감쌌다. 날카로운 발톱이 자라나고, 중금탁의 지강과 충돌한다.

파지직—

사방으로 불똥이 튀었다.

"커헉!"

거대하기 그지없는 자운의 내력이 듬뿍 들어간 지강이다. 삼십단이 강하다고는 하나 자운에게는 고만고만한 경지. 그런 삼십단이 자운의 강기를 막을 수 있을 리가 없었다.

뒤이어 자운이 허공을 휘저었다.

"커어억!"

"쿨럭!"

"케엑!"

"크악!"

"흐어억!"

"푸헙!"

중금탁을 따라 자운을 향해 허공을 젖혀가던 조홍구와 다섯의 백홍이 그대로 입에서 피를 토하며 나가떨어졌다.

자운이 떨어져 나간 일곱을 내려다보았다.

"너네들도 설마 내가 누구인지 모르는 거야?"

중금탁이 힘겹게 몸을 일으키며 눈썹을 꿈틀하고 움직였다.

"네, 네가 누구라는 말이냐?"

이마가 찢어진 것인지 흘러내린 피가 눈을 흐릿하게 만든다.

그래서 자운의 얼굴이 잘 구별이 가지 않았다.

중금탁에 대한 의문을 해소해 준 것은 조홍구였다.

조홍구가 이를 으득하고 갈며 자운을 크게 소리쳤다.
"철혈난신!"
자운이 어깨를 으쓱해 보인다.
"빌어먹을. 그 별호는 어떻게 좀 안 되나?"
부정은 하지 않았다. 지금 눈앞에 서 있는 남자는 적성에서 가장 큰 적으로 정한 남자인 것이다.

칠적이 덤빈다고 하여도 승리를 자신할 수 없는 사람, 그가 바로 자운이다.

이 자리에 있는 이들이 살아나간다는 것은 있을 수 없는 일이었다.

하지만 지금, 적성의 인물들보다 더 겁을 먹은 이들이 둘 있었다.

바로 환신방의 방주와 소방주인 조일융과 조천룡이었다.

그들이 비명성에 가까운 괴성을 질렀다.
"히익!"

그들이 그러든지 말든지, 중금탁이 힘겹게 몸을 일으켰다.

"철혈난신, 당신과 같은 강자의 손에 죽음을 맞을 수 있는 것도 홍복인가? 흘흘흘."

자운이 중금탁의 말에 눈을 크게 치켜떴다. 죽음이 눈앞에 있다는 것을 알면서도 지금 이렇게 무인의 혼을 불태우고 있는 것이다.

지금까지 만나왔던 적성의 인물들과는 무언가가 달랐다.
"적성의 놈들 중에서는 제법 기개가 있는 놈이었네."
하지만 그뿐이다.
적을 살려둘 생각은 없었다. 무인의 혼을 가지고 있을 뿐 악인이 아니라는 말은 아니었으니까.
눈앞에 있는 자는 분명한 악인이었다.
그것을 증명할 수 있는 것은 중금탁이 내뿜고 있는 기운이었다.
마공 중에서도 특히 퀴퀴하고 음울하다.
색공을 통해 다른 사람의 정을 취하여 쌓은 내공인 것이다.
자운의 생각은 정확했다. 중금탁이 주화입마에 들어선 것도 그런 이유에서였다. 몸속의 내력이 쉬이 융합이 되지 않으니 주화입마에 들었던 것이다.
물론 손가락 하나를 씹어 먹음으로써 강력한 고통으로 몸으로 들어오던 입마를 몰아내었다.
그리고 기적적으로 기를 합일하는데 성공하기는 했지만, 지금 그 목숨도 여기서 끝날 것이다.
눈앞에는 자운이 있으니까.
자운이 허리춤에서 검을 뽑았다.
"나쁜 새끼긴 한데. 무인의 혼을 봐서 특별이 칼을 써주지."
우우웅—

역시. 내 생각대로······

황룡신검이 울었다.

자운이 검을 뽑자 중금탁이 비틀거리면서도 자세를 잡았다.

손가락 끝에서 주욱 하고 강기가 솟구쳤다.

자운이 그를 향해 턱을 까닥였다.

"와봐."

"으아아아아아!"

第三章 너넨 안 오냐?

황룡난신

　아홉 개의 손가락이 마기를 이끌었다.
　화아악—
　공기가 밀려나며 그 사이의 공간을 마기가 질주한다. 자운이 황룡신검을 움직였다.
　부드럽게 포물선을 그리며 떨어지는 황룡신검, 검에 닿은 공간이 터져 나갔다.
　콰과과과과—
　사방으로 폭죽이라도 터진 것처럼 불똥이 튀었다. 동시에 강맹한 내기가 중금탁의 몸을 때렸다.

부웅—

그의 몸이 내기에 밀려 허공을 날고 척추가 접혔다.

입에서는 각혈이 흘러내렸다.

"쿨럭!"

단번에 날아가 기둥까지 처박힌다!

쿠웅—

기둥을 타고 그의 몸이 주르륵 흘러내리고, 자운이 그를 향해 저벅저벅 걸어갔다.

물론 한 손으로 검을 가볍게 돌리는 것을 잊지 않았다.

"이놈!"

조홍구가 그런 자운의 뒤에서 갑자기 나타난다.

제 딴에는 꽤나 치밀하게 이루어진 암습이었고 이 한 수로 자운의 목숨을 빼앗지는 못해도 치명상은 입힐 것이라고 생각했다.

카앙—

하지만 그것은 오산이었다.

"이것 봐라?"

자운의 미간이 꿈틀거렸다. 조홍구의 검은 황룡신검에 의해서 막혀 있었다.

밀고 들어가기 위해 안간힘을 쓰는지라 팔이 부들부들 떨리고 있는데도 자운의 황룡신검은 끄떡도 하지 않는다.

너무 압도적인 차이가 났다.

자운이 몸을 빙글 하고 돌렸다. 그리고는 조홍구를 향해 웃음 짓는다.

그 모습이 마치 죽음을 예고하는 사신의 웃음과 같아 조홍구는 빠르게 몸을 빼려 했다.

"누구 마음대로 도망가려고?"

뚜둑—

자운의 손이 그의 목을 움켜쥐고 꺾어버린다!

단번에 그 자리에서 목이 꺾여 절명하는 조홍구, 삼십단에 속하는 강자였지만 감히 자운에게는 상대가 되지 않았다.

"올 때는 네 마음이라도 갈 때는 아니란다."

자운이 목이 꺾인 조홍구의 시신을 그대로 한쪽으로 던져버렸다.

압도적인 무력을 자랑하는 자운의 곁으로 감히 다가올 수 있는 무사들은 없었다.

그것은 배홍이라 해도 마찬가지였다.

삼십단에 속해 있는 실력자가 아무런 힘도 쓰지 못하고 죽었는데, 그들이 자운을 어찌할 수 있을 리가 없었다.

"으으……"

누군가가 침 삼키는 소리가 유독 크게 들렸다. 자운이 다시 중금탁을 향해 다가갔다.

그는 강력한 충격에 의해 뼈가 뒤틀어진 듯 신음을 계속해서 흘리고 있었지만 정신을 차리지는 못하고 있었다.

자운이 그대로 기절한 홍금탁의 가슴팍에 검을 찔러 넣었다.

푸욱―

피가 솟구치고, 자운이 무감각하게 황룡신검을 뽑으며 중얼거렸다.

"다음 생에는 적성으로 태어나지 마라."

그 소리가 백홍들에게는 유부에서 흘러나오는 음성과 같아 그들이 몸을 흠칫하고 떨었다.

아니나 다를까, 홍금탁의 가슴팍에서 검을 뽑은 자운이 그들을 바라보았다.

"너넨 안 오냐?"

아무리 백홍이라 할지라도 자운의 상대는 되지 않는다. 그것은 어찌 보면 당연한 일이었다.

단번에 다섯의 백홍 목이 그대로 떨어져 내렸다. 적성 내부에서 꽤나 강자로 평가받는 그들이었는데, 자운이 도대체 얼마나 강해진 것인지 상상조차 하기 어려웠다.

백홍과 삼십단을 모두 처리한 그가 조천룡과 조일웅을 내려다보았다.

두 부자는 자운의 시선을 마주하는 것만으로도 오들오들 떨기 시작한다.

그들을 향해 자운이 가슴팍이 다 드러나도록 팔을 활짝 벌렸다.

마치 환영한다고 말하는 듯한 행동, 그 행동과 다르게 자운의 목소리에서는 차가움이 뚝뚝 묻어나고 있었다.

예의 장난스러움이 사라지지 않은 채로 차가움이 묻어나자 듣고 있던 취록의 몸에서 소름이 돋아났다.

하물며 자운의 기세를 정면으로 마주하고 있는 부자는 무슨 감각을 느끼고 있을지 상상조차 하기 어려웠다.

차앙—

두려움에 미쳐 버린 것일까!

조일융이 검을 뽑아 들었다.

"이, 이놈! 다가오지 마라!"

자신의 자랑이라 할 수 있는 환검을 펼쳐 보인다. 단번에 검이 다섯으로 늘어난다.

다섯 개의 검이 자운의 요혈과 사혈을 노리고 날아들었다.

화라라락—

다섯 개의 검이 지척으로 다가왔음에도 불구하고 자운은 피하지 않았다.

"죽어!"

검들이 자운에게 닿으려는 찰나, 자운이 피식하고 웃으며 손을 뻗었다.

콰과광—

손끝에서 내기의 폭풍이 터져 나오며 환검을 때렸다. 단번에 환검이 수십 개로 조각나 터져 나간다.

콰왕—

검의 파편들이 그대로 주인에게로 돌아가 조일웅을 찔렀다.

"으아아아악!"

허벅다리에 수십에 이르는 검편이 박힌 그가 바닥을 구르며 비명을 지른다. 자운이 그를 향해 저벅저벅 다가갔다.

그의 아들 조천룡은 이미 광인이 되어 버린 듯 공포에 눈을 까뒤집고 침을 질질 흘리고 있었다.

"으. 더러워라."

자운이 놈을 벌레 보는 듯한 눈으로 바라보며 발끝으로 툭 하고 찼다.

"으어어어!"

자운의 발끝에 놈은 자신의 아비 곁으로 뒷걸음질 쳤고, 자운이 장력을 연달아 두 번 뻗었다.

퍼석—

퍼석—

두 부자의 몸이 그 자리에서 생기를 잃었다. 장력에 맞고 숨이 끊어진 것이다.

자신들의 주인이 죽어버리자 환신방의 제자들은 당황하기 시작했다.

자운이 그들을 향해 마지막이라는 느낌을 담아 말했다.

"다시 한 번만 더 기회를 주지. 나는 환신방에서 벌인 악행과 관련이 없다, 하는 녀석들은 지금 당장 앞으로 나와라."

자운의 목소리가 떨어지고 얼마 후, 몇몇의 무사들이 쭈뼛거리며 앞으로 걸어 나왔다.

자운이 그들의 얼굴을 기억해 두겠다는 듯 하나하나 얼굴을 확인한다.

"너네들이 정말로 환신방에서 벌인 악행과는 무관하다는 거지?"

그들이 고개를 끄덕인다. 자운이 폭풍 같은 기세를 그들을 향해 내뿜었다.

"너희들의 얼굴을 기억해 뒀다. 훗날 내가 다시 이곳에 왔을 때, 너희들이 그대로 악행을 벌이고 있다면……."

쩌저저저적―

바닥이 갈라지고, 환신방의 건물이 자운의 기운에 의해서 허공으로 떠올랐다.

인간의 것이 아닌 듯 보이는 허공섭물의 신기, 건물이 허공중에서 부서져 내리기 시작한다.

마치 압축이라도 되는 듯 건물이 공처럼 둥글게 말려 들어갔다.

빠직—빠직

빠그덕—

자운이 허공섭물을 풀었다.

콰앙—

산산이 조각난 건물의 잔해가 바닥에 떨어지고 바닥이 크게 진동했다. 사람이라면 감히 가질 수 없는 엄청난 힘을 자운은 가지고 있었다.

그들의 얼굴에 짙은 공포감이 어리었다.

"어떻게 될지는 알아서 상상들 하고. 그럼 나머지는……."

자운이 검을 휘둘렀다. 공간이 수십 개로 쪼개졌다.

키이이잉—

그 공간에서 모두 참격이 뻗어나갔다.

수십 수백에 이르는 참격이 사방을 휩쓸었다.

일진광풍이 참격에 동반되어 불어왔다. 그 바람에 치마가 휘날린 취록이 비명을 질렀다.

"꺄악!!"

자운이 비명에 응수해 주었다.

"볼 것도 없으니 가리지 마."

콰과과과과―

일진광풍이 끝났을 무렵, 그 자리에 서 있는 사람은 오로지 자운과 취록, 그리고 죄가 없다 말하던 몇이 전부였다.

자운이 마지막으로 그들을 향해 경고를 남겼다.

"기억해. 너네들이 언제 이렇게 될지 모른다는 걸."

화르륵―

자운의 손끝에서 화마가 피어오르고, 화마는 곧 환신방 전체를 집어 삼켰다.

* * *

소식을 들은 운산이 침울하게 말했다.

"우리 정말 대사형을 구하러 가야 할까요?"

괴걸왕과 우천은 아무런 답도 하지 못했다.

전혀 그럴 필요가 없어 보였다.

황룡
난신

"하하하하하하하! 하하하하하하하하하핫!"
 일성이 아주 호탕한 목소리로 웃었다. 그 웃음이 얼마나 큰지 동공을 지탱하고 있는 열두 개의 기둥이 흔들릴 정도였다.
 웃고 있으나 일성의 눈은 날카롭기 그지없다.
 그의 심기가 불편하다는 사실을 알고 있는 일적이 고개를 납작 엎드렸다.
 "일적. 나는 지금 아주 재밌어. 아주 재밌단 말이지요."
 반어법인가…….
 그가 자신의 입술을 질겅질겅 씹으며 일적에게 혼잣말을

하듯 말을 던졌다.

하지만 심령으로 일성에게 복종되어 있는 일적은 알 수 있다.

그의 주인은 지금 진정으로 즐거워하고 있었다.

부하들이 죽어나갔다는 보고를 들으며 몸이 짜릿한 쾌감을 느끼고 있었다.

과연 적성의 주인, 천살의 힘을 이어받은 이들은 감정과 감각부터가 다른 이들과는 다르다.

일성이 매섭게 눈빛을 빛내며 일적을 내려다보았다.

"그런데 말이야. 너무 즐거워서 이런 즐거움을 나 혼자 경험할 수는 없을 것 같네요. 이걸 좀 나눠주던가 해야지, 안 그렇습니까?"

그의 손에는 또 다른 보고가 들려 있었다.

바로 적성의 영역으로 넘어온 무림맹의 구출대에 관련된 이야기였다.

그들이 아무리 은밀하게 넘어왔다고는 하나 사방이 적이다.

그런 곳에서 정보가 전혀 새지 않을 수는 없었고 그 정보가 일성에게까지 전달이 된 것이다.

보고에 포함된 이름 중 두 개가 일성을 미소 짓게 만들었다.

황룡문 문주 검운산.
황룡문 장로 우천.
둘 모두 난신의 사제.

그가 씨익 하고 웃는다. 그리고는 일적을 향해 보고서를 가볍게 던졌다.
팔랑팔랑 날아간 보고서가 정확하게 일적의 앞에 떨어지고, 그가 웃음을 터뜨리며 말했다.
"난신에게도 알려줘야지요, 이 즐거움을. 내 즐거움을 좀 나눠줘야겠습니다. 으하하하하하하하!"
한참을 웃음을 터뜨리던 그가 일적에게 명을 내렸다.
"죽여 버리세요. 전부."
"존명!"

* * *

무림맹의 구조대에 대한 소식은 이미 자운에게도 들어가 있었다.
바로 그의 옆에 취록이 붙어 있었기 때문이다.
"그러니까, 무림맹의 구조대가 지금 적성의 땅에 들어와 있다고?"

취록이 자운의 말에 고개를 끄덕였다.

"멀지 않은 곳에 있어요."

자운이 머리를 벅벅 긁었다.

"내가 알아서 기어 나갈 건데 왜 지들이 들어와서 날 찾는 다고 난리래?"

"걱정이 되니까 그런 거 아닐까요?"

그녀의 말에 자운이 호들갑을 떨며 어깨를 으쓱해 보였다.

"걱정? 누가? 지들이 날?"

사실 말하고 보니 별로 가망성은 없어 보인다. 지금의 자운을 보고 있자면 혼자서 천하를 정복해 버릴 것 같지 않은가. 다행인 점은 이 사람이 적이 아니라는 사실이었다.

"하긴. 그건 좀 가망성이 없기는 하네요."

사실 이미 구조대도 왜 이곳에 들어왔는지 의문을 느끼고 있었다. 자운은 전혀 구해줄 필요가 없어 보였으니까.

"그것보다, 넌 도대체 정보를 어디서 얻는 거야? 아직도 하오문이랑 연락이 되는 건가?"

그의 말에 그녀가 고개를 절레절레 흔들었다. 루에서 자운과 있었던 일 이후로 그녀와 하오문의 관계는 끊어졌다고 할 수 있었다.

지금까지 이렇게 정보를 얻을 수 있었던 까닭은 독자적인 노선이 있었기 때문이다.

"제가 누군지 아시는 거예요? 당연히 독자적인 비선망을 준비해 두었지요."

자운이 고개를 끄덕인다.

그리고는 손을 뻗어 그녀의 머리를 쓰다듬었다.

"잘했네. 역시 내 정보통."

자운의 나이는 올해로 이백하고도 서른한 살이다. 그의 입장에서는 손녀뻘도 안 되는 아이 머리를 쓰다듬어 주는 것이었지만 받아들이는 취록으로서는 전혀 달랐다.

그녀의 나이는 서른을 훌쩍 넘는데, 지금 이 나이 먹도록 남자가 머리를 쓰다듬어 준 것은 손에 꼽는다.

어린 시절 아버지나 동네의 어른들이 머리를 쓰다듬어 준 이후로는 거의 없다시피 했다.

그러니 그녀의 볼이 불그스름해지는 것은 어찌 보면 당연한 일이었을 것이다.

"그리고요?"

"응?"

"정보통 말고 또 뭐냐고요."

그녀의 기대를 아는 것인지 모르는 것인지 자운이 당당하게 한마디 했다.

"훌륭한 전낭이지."

그녀의 기대가 처참하게 무너졌다. 취록이 속으로 자운의 욕을 했다.

'아아. 젠장.'

옆에 있다 보니 말투까지 닮아가는 모양이다.

　　　　　　＊　　　＊　　　＊

타닥타닥—

모닥불이 타들어갔다.

운산과 우천이 멍한 눈으로 모닥불을 바라보고 있었다. 오늘로 적성의 영역에 들어온 지 딱 보름째 되는 날이었다.

무림맹에서 보내온 정보에 의하면, 자운은 멀지 않은 곳에 있었다.

"이제 곧 자네들은 대사형을 만나겠구만. 흘흘흘."

괴걸왕의 말에 운산과 우천이 고개를 끄덕인다.

삼 년 동안의 폐관수련이 도대체 얼마나 그를 강하게 바꾸어 놓은 것인가.

상상도 할 수 없다. 당금의 절대고수 중 하나라는 칠적의 일 인을 가지고 놀았다고 한다.

들려오는 소문이 어느 정도 과장이 되는 법이라고는 하지만 압도적인 실력 차이가 아니라면 가지고 놀았다는 소문은 잘 나지 않는다.

하지만 자운은 가지고 놀았다고 소문이 났다.

"어찌 보면 자네들의 대사형은 천하제일인에 가장 가까운 사내일지도 모르겠구만."

'괴물이 더 괴물이 되어버렸군.'

그가 괜히 모닥불의 장작 하나를 발로 찼다. 괴물이 더 괴물이 되어버리다니, 앞으로 더 고생길이 심해질 것 같다는 생각이 문득 들었다.

그가 무슨 생각을 하는지 아는 것인지 모르는 것인지 운산과 우천이 고개를 끄덕였다.

"이미 천하제일인일지도 모르지요."

무림에는 수많은 은거기인이 있어 누가 최고라고는 단정짓기 어렵다. 이번의 적성만 해도 그렇다.

절대의 경지에 오른 고수가 단번에 일곱이나 튀어 나왔다. 적성의 주인이라는 일성은 그들보다 강력할 것이 분명했다.

하지만 확실한 것은, 아무리 은거기인이라 할지라도 절대의 경지를 뛰어넘는 것은 쉬운 일이 아니었으니 그 수는 극히 한정되어 있을 것이다.

그런 절대의 경지에 오른 무인을 가지고 논 것이 자운이다.

이미 그는 천하제일인이라 말하기에 부족함이 없었다.

"흘흘흘."

괴걸왕이 웃음으로써 그의 말에 동의했다.

하늘을 바라보자 만월이다.

'조금이라도 쫓아갔다 생각하면, 어느 순간 또 아득히 멀어지시는군요, 대사형은……'

그렇게 그들이 침묵에 잠길 무렵이었다.

괴걸왕의 미간이 꿈틀하고 움직인다.

어둠이 일렁이는 숲 전방을 주시한다.

무언가가 있다. 그것도 아주 세찬 기파를 속에 가둬두고 있는 무언가가 말이다.

자연스럽게 기도가 날카로워지는 수밖에 없었다.

괴걸왕의 기도가 날카롭게 변하자 덩달아 검을 잡은 것은 운산과 우천이었다.

절그럭거리는 소리와 함께 그들이 검을 잡는다.

영문을 모르는 다른 인물들은 어리둥절한 표정으로 그들을 바라보고 있을 뿐이었다.

그 순간, 괴걸왕이 어둠 속을 향해 입을 열었다.

"나와라."

어둠이 쫘악 하고 갈라졌다.

그렇게 말고는 달리 표현할 수 없었다. 어둠이라는 존재가 주인에게 복종이라도 하듯, 바다가 갈리지는 것과 같이 어둠이 갈라졌다.

그 속에서 한 사내가 걸어 나온다.

"과연. 괴걸왕이로군."

괴걸왕은 단 한 번도 본 적이 없는 얼굴이었다.

정보를 다루는 개방의 정점에 위치한 이가 바로 괴걸왕이었다. 그런 그가 모르는 절대의 고수가 있다면 그것은 단 한 명뿐이었다.

"흘흘흘. 일적인가?"

괴걸왕의 말에 그가 고개를 끄덕였다.

"나 말고 달리 원하는 사람이라도 있던가?"

"흘흘흘. 자네 같은 털 숭숭한 남자 따위를 기대하지는 않았지."

"안타깝군. 칠적에는 여자가 없어."

둘 사이에 강력한 기파가 쳐졌다.

기세와 기세가 충돌하며 사방으로 불똥이 튄다.

파지직— 파지직—

구조대는 대부분 고수로 이루어져 있다.

하나 절대고수의 기세는 감히 그들이 견딜 수 있는 것이 아니다.

운산과 우천을 비롯하여 다른 구조대의 인물들이 몇 걸음씩 물러났다.

운산은 아홉 걸음을 물러났으며 우천은 열두 걸음을 물러났다.

우천이 강기지경에 올랐다고는 하지만 아직은 운산에게 부족함을 보여주는 단적인 증거였다. 하지만 지금은 그런 것에 신경을 쓰고 있을 때가 아니었다.

"실망스럽구만. 그래, 바쁘신 일적이 이곳에는 웬일이지?"

괴걸왕의 말은 말 그 자체만 놓고 본다면 오랜만에 만난 친구를 대하는 듯했으나 목소리와 말투에는 날이 단단히 서 있었다.

자세 또한 좌수를 앞으로 비스듬하게 살짝 뻗어놓고 있는 것이 단번에 회선장법(廻旋掌法)을 발출한 것처럼 보였다.

또한 그의 신물이라 할 수 있는 용두괴장은 등에 비스듬하게 기대져 있었는데 그 자세가 창수의 자세와 같아 순식간에 괴장을 뻗어낼 수 있었다.

그 역시 긴장하고 있는 것이다.

일적 역시 마찬가지였다. 어둠이 스멀스멀 그의 몸을 휘감는다.

그것은 마치 갑옷과 같았다.

마기라는 어둠을 갑옷처럼 휘감는 일적의 독문무공, 밤마저 잊혀 버릴 정도의 어둠을 다스리는 야망갑(夜望甲)이 모습을 보이고 있는 것이다.

야망갑은 달리 병왕(兵王)이라고도 불리는데 어둠을 이용해 모든 무기를 형상화하고 다루지 못하는 무기가 없게 되기 때문이었다.

걸왕 역시 과거 적성의 정보에서 야망갑에 대한 정보를 입수한 적이 있었다.

그가 침을 꿀꺽하고 삼킨다.

"내가 이곳에는 왜 왔겠는가. 나의 주인 되시는 분께서 자네들의 목을 원하니 그렇지."

그가 괴걸왕의 뒤에 있는 운산과 우천을 슬쩍하고 바라보았다.

그리고는 인심을 쓴다는 듯 어깨를 으쓱해 보였다.

"마지막으로 기회를 주겠네. 그들을 넘기게. 그럼 자네들은 자비를 베풀어 살려주도록 하지."

딴에는 자비였으나 괴걸왕에게는 씨알도 먹히지 않는 소리였다.

"개소리. 흘흘흘."

그의 몸이 살짝 아래로 내려갔다.

무릎을 굽힌 것이다.

굽힌 무릎이 펴지는 순간, 괴걸왕의 몸이 앞으로 쭈욱 하고 튀어 나갔다.

콰앙—

공간을 짓이겨 버릴 정도로 빠른 돌진, 어떠한 보법도 신법도 사용되지 않은 순수한 육탄돌진이었다.

"이런이런. 어쩔 수 없구만. 결국 권주를 마다하고 벌주를 선택하는 것인가."

일적의 몸이 흔들리나 싶더니 단번에 검은 갑옷이 걸쳐진다.

콰앙!

그가 뻗어낸 손과 괴걸왕의 손이 충돌했다.

회선장법의 선풍팔수!

부드러운 바람이 여덟 갈래로 갈라져 손처럼 일적을 움켜쥐려 했다.

일적이 피식하고 웃으며 몸에 휘감고 있는 마기를 겉으로 폭발시켰다.

"어딜 감히!"

콰앙— 퍼어어엉—

마기와 선풍팔수의 기운이 충돌하며 두 개의 기운이 모두 너덜너덜해져 허공으로 사라졌다.

하지만 둘은 이미 다음 격돌을 이어나가고 있었다.

한 번의 공격과 방어로는 상대방에게 전혀 통하지 않는다는 사실을 둘은 아주 잘 알고 있었다.

계속해서 공격이 끊어지지 않는다.

야망갑의 구천마군이 펼쳐졌다.

하늘을 아홉 방위로 나누어 이르기를 구천(九天), 달리 구중천이라 한다.

그 구중천을 모두 부숴 버릴 마의 군단이 바로 구천마군!

구천마군의 수법이 펼쳐지자 그의 몸을 휘감고 있는 야망갑이 수천 조각으로 나누어졌다.

수천 조각의 마기가 군세라도 된 것처럼 충실하게 지휘관의 명을 따라 괴걸왕을 공격한다.

파라라라락―

일 수에 수천 번 이상의 공격을 가하는 수법, 그 공격에 휘말린 괴걸왕의 안위가 걱정되는 것은 당연했다.

운산이 걱정 가득한 음성으로 소리쳤다.

"어르신!"

"흘흘흘. 재미있는 수법이로고."

그런 그의 걱정을 비웃기라도 하듯, 괴걸왕이 그 속에서 멀쩡히 모습을 드러내었다.

구천마군이라 할지라도 그의 몸을 쉬이 상하게는 할 수 없다.

취팔선보(醉八仙步)와 연쌍비(燕雙飛)의 조합은 그 모든 공격을 피해내게 만들었고 옥현쇄심장(玉現碎心掌)과 연화지(蓮花指)는 구천마군을 모두 때려 떨어뜨렸다.

힘을 잃은 구천마군이 모조리 주인에게로 돌아가 원래의

모습을 이룬다.

조각났던 야망갑이 다시 모습을 찾았다.

"과연. 이 정도로는 안 되는군."

멀쩡한 걸왕의 모습에 그가 고개를 끄덕였다.

괴걸왕은 정파에 속해 있는 절대고수 중에서도 수위에 속하는 자다.

그와는 능히 일천 초 이상을 겨룰 것이라 생각했다.

선풍신법(旋風身法)의 기운이 일적을 휘감았다.

괴걸왕의 발끝에서 만들어진 바람이 일적의 기운을 단단히 옭아맨다

이어지는 것은 용두괴장을 이용한 타구봉법!

개를 잡는 데는 그만한 봉법이 없다!

"나를 개 취급 할 생각인가?"

"흘흘흘. 개새끼 취급을 할 생각이네."

촤라라락―

야망갑의 기운이 단번에 풀어지며 타구봉을 막아내었다.

또한 선풍신법의 바람을 갈기갈기 찢어버린다.

그 폭풍이 사방으로 뻗어나갔다.

파아아아―

걸왕의 손이 갈고리처럼 변했다.

용음십이수(龍吟十二手).

황룡문의 조법과 같이 용자가 들어가는 조법이었다.

바람 뚫어지는 파공음이 울렸다.

동시에 손가락이 날카롭게 날을 세웠고 일적의 허리를 노렸다.

일적이 팔을 움직였다.

야망갑이 둘러져 있는 팔이다.

그대로 팔꿈치를 이용해 괴걸왕의 팔을 꺾어버릴 생각이었다.

하지만 그럴 수는 없었다. 그의 생각을 읽어내기라도 한 듯, 괴걸왕이 손을 회수해 버린 것이다.

"이크크. 큰일 날 뻔했구만."

호들갑을 떨면서 말이다.

괴걸왕의 행동에 그가 씨익 하고 웃었다.

재미있다. 아주 재미있다.

절대의 경지에 오른 이후로 그와 맞수가 될 만한 이는 몇 없었다.

삼봉공은 너무도 높아 감히 다가가지 못했고, 적성 내부에서의 싸움은 규율로 엄격하게 금해져 있었다.

그래서 그의 몸인 한계까지 움직이는 경우가 적었다.

그가 웃었다.

"한번 제대로 해보지."

휘리릭-

야망갑이 분열을 일으켰다. 그의 몸을 휘감고 있던 야망갑의 두께가 단번에 절반 이하로 낮아진다.

방어력을 버린 것이다.

하지만 일장일단이라.

방어력을 버리며 얻은 것은 무수히 많은 병기들이었다.

야망갑과 같은 기운으로 이루어진 병기들은 강기라 할지라도 막을 수 있으며 대항할 수 있다.

휘리릭-

그가 손을 뻗어 그중 방천극과 대검을 잡았다.

대검과 방천극이 연달아 허공을 가른다.

공간을 빼곡하게 잠식하며 들어오는 무공에 괴걸왕은 뒤로 물러나기 급급하다.

"왜 그런가? 조금 더 해보지!"

"안 그래도 이렇게 틈을 노리고 있었지!"

괴걸왕의 용두괴장에서 기운이 넘실거렸다. 방천극가 대검을 휘두를 때 생기는 속도의 차이, 그 틈을 괴걸왕이 정확하게 파고든다.

따악-

용두괴장이 일적의 손목을 때렸다. 그러자 손에 들려 있던 대검의 기운이 사라진다.

"과연!"

그가 다른 한 손에 들려 있던 방천극을 내려놓으며 이번에는 하나의 륜(輪)과 금강저(金剛杵)를 집어 들었다.

금강저는 그 특징상 공격 가능한 거리가 짧다.

그리 넓지 않은 제공권을 보완하기 위해 장거리 공격이 가능한 륜을 집어 든 것이다.

금강권이 이리저리 움직였다.

마치 아수라가 된 듯, 야망갑이 분열을 일으키고 금강저가 아홉 개로 보인다.

"크윽!"

금강저의 끝이 괴걸왕의 손바닥을 베고 지나갔다.

강룡십팔장을 뻗어 그를 밀어내려 했는데 금강저가 조금 더 빨랐던 것이다.

손에서 아릿하게 느껴지는 고통에 괴걸왕이 뒤로 물러서려 했다.

하지만 그가 한 걸음 더 빨리 다가와 륜을 던진다.

"어딜 감히!"

휘류류류류류─

뒤로 물러서는 괴걸왕의 속도를 웃도는 륜.

륜이 단번에 괴걸왕의 목을 잘라 버릴 것처럼 날아들었다!

그 빠르기뿐만이 아니라 담겨 있는 기운 역시 적지 않았기 때문에 피하기란 쉽지 않아 보이는 순간!
 그 누구도 괴걸왕의 죽음을 의심하지 않았다.
 괴걸왕이 손을 뻗었다.
 콰앙—!!

第五章

코털은 뽑으면 아프다

황룡난신

 자욱하게 먼지가 일었다. 일적이 이리저리 눈을 굴렸다.
그는 괴걸왕이 류에 적중당하지 않았음을 알고 있다.
 어느새 일적의 팔로 돌아온 류는 윙윙거리며 회전했다.
 먹이를 놓친 것에 대한 분노를 토하는 듯하다.
 '어디, 어디 있는 거지?'
 눈을 뒤룩뒤룩 굴리며 괴걸왕의 위치를 찾는다.
 그는 보았다. 류이 적중되기 직전, 괴걸왕이 강룡십팔장을 아래로 뿌려 허공으로 몸을 날린 것을 말이다.
 '약삭빠르군.'

앞, 뒤, 좌, 우, 아래 모두 없다.

그렇다면 하나뿐이다.

괴걸왕이 있는 곳은 몸을 날린 허공, 그 자리에 이동하지 않고 그대로 있는 것이다.

마침 바람이 불어와 자욱하던 모래먼지를 날려 버렸다.

달빛 아래 괴걸왕의 몸이 드러난다.

"약삭빠르군."

"날쌔다고 해주면 좋겠네. 흘흘흘"

어느새 손바닥에 난 상처는 모두 지혈을 한 후였다.

피가 더 이상 흐르지 않고는 있지만, 좌수를 이용해 장력을 뿌리지는 못할 것이다.

과도한 내기가 집중되면 언제 다시 상처가 터지고 더한 상처로 변할지 모르기 때문이다.

일적 역시 그 사실을 잘 알고 있었다.

"조금은 유리하게 되었군."

"그래도 내가 이길 테니. 그런 걱정은 말게 흘흘흘"

휘릭—

둘의 신형이 사라졌다.

콱콱쾅!

허공중에서는 폭발음만이 연달아 울린다. 마치 하늘이 터져 나가는 것 같고, 허공에서 떨어진 유성이 충돌하는 것 같았다.

쾅쾅쾅—

나무가 무너지고 땅이 부서지는 것은 다분한 일이었다.

"으윽!"

견디다 못한 운산과 우천이 조금 더 물러났다.

조금은 절대의 경지에 가까워졌을 것이라 생각했는데, 아직도 이 정도나 되는 격차가 있었다.

그야말로 엄청나다고밖에는 생각되지 않는 경지, 둘이 침을 꿀꺽하고 삼킨다.

눈을 부릅뜨고 괴걸왕과 일적의 움직임을 쫓았다.

단 한순간도 놓치지 않겠다는 듯 괴걸왕과 일적의 움직임을 담아낸다.

'죽겠구만……'

사실 아무 말도 안 하고 견디고는 있었으나 일적에 비해서 괴걸왕이 조금 모자랐다.

반 수도 되지 않는 작은 차이였으나 그 차이가 충돌을 할 때마다 모여서 이제는 밀리고 있는 실정이었다.

더군다나 손까지 다쳤으니 그 밀리는 속도가 더 빨라지는 것은 당연했다.

"크윽!"

일적의 장창이 그의 어깨를 스치고 지나갔다. 장창은 어느새 다른 무기로 바뀌어져 있었다.

"왜 그러나? 곧 죽을 생각을 하니 고통이 좀 느껴지나?"

"흘흘. 개고기 뒷다리 뜯어먹는 소리 하고 있네."

장법을 펼칠 수 있는 우수를 이용해 연달아 선풍팔수(仙風八手), 천풍경도(天風輕導), 망향회수(望鄕回首)를 펼쳐 낸 그가 동시에 괴장을 휘둘렀다.

타구봉 삼절초라 불리는 타단구퇴, 구구입동, 취구번신이 쉬지 않고 일적의 야망갑을 후려쳤다.

방어력이 낮아진 야망갑이라고 하나 그 모든 것을 견뎌낼 수 있다. 하지만 끊임없이 이어지는 공격을 견디는 것은 무리였다.

"크윽!"

이번에 인상을 쓰고 물러난 것은 당연히 일적, 그의 팔을 휘감고 있는 야망갑이 흉측하게 일그러져 근육을 누르고 있었다.

"아직 제법 하는군."

그가 팔 쪽의 야망갑을 풀었다가 다시 휘감았다.

휘리리릭—

언제 일그러졌냐는 듯 모습을 드러내는 멀쩡한 야망갑, 그 모습에 괴걸왕은 신음을 흘리는 수밖에 없었다.

"으음……."

이대로 간다면 확실히 패배하게 될 것이다.

저 야망갑은 부서뜨린다 해도 일적의 내공이 계속되는 한 완전한 모습으로 부활할 것이 분명했다.

"왜 그러지? 이제 좀 자신이 없나? 하하하하하! 나의 야망갑은 부서진다 해도 다시 재생이 되는 천고의 절기지. 이 절기 앞에 할 말이라도 잊었나?"

걸왕이 아무런 답도 하지 못하고 있는 순간, 어둠을 가르고 황룡이 날았다.

그리고 어디선가 익숙한 목소리가 들려왔다.

"해봐. 계속 부숴 줄 테니."

콰앙—

패룡이 그대로 일적을 바닥에 메다 꽂아버린다. 산산이 부서지는 야망갑의 기운, 허공에 떠 있던 여러 종류의 무기들 역시 단번에 사라졌다.

그리고 금빛 선기를 휘감은 자운이 허공에서 내려섰다.

"오랜만이네. 삼 년만인가?"

그가 운산과 우천을 향해 인사를 건네었다.

"아야야. 좀 살살 내려서면 안 돼요?"

뒤에는 취록이 업혀 있었다.

자운이 엉덩이가 아프다며 불평하는 취록을 내려놓았다.

"말이라도 타고 왔냐. 볼 것도 없는 엉덩이가 아파서 뭘 하려고 계속 그렇게 주무르는 거야."

"캬악!"

자운을 향해 소리치는 취록을 뒤로하고 자운이 운산과 우천을 향해 손을 흔들었다.

운산과 우천으로서는 뭐라고 말을 해야 할지 모르겠다는 표정이었다. 갑자기 나타나서는 황룡무상십이강을 날려 일적을 패대기쳐 버리더니, 첫 인사가 오랜만이네 삼년만인가.

그 다음으로 한 말이 '어이. 오랜만이네' 였다.

'그래. 이런 사람이었지, 대사형은.'

그나마 빨리 정신을 차린 것은 운산이었다. 지난 삼 년간 자운에 대한 면역이 조금 약해졌을 뿐 사라진 것은 아니다.

이런 사람이었다는 것을 자각하고 나자 한결 대하기가 편해졌다.

"예. 오랜만입니다. 대사형."

곧 정신을 차린 우천 역시 자운을 향해 뛰어갔다.

"대사형!"

"야야! 저번에도 내가 말했지. 난 남자 취향 없다고. 제발 와서 안기지 마라."

자운이 우천의 움직임을 휙 하고 피해 버렸다.

하지만 우천 역시 예전의 우천이 아니다. 지금은 강기를 사용하는 경지에 다다른 고수가 아니던가!

우천의 보법이 단번에 일변했다. 그리고는 방향을 틀어 다시 자운을 향해 뛰어갔다.

그 모습을 본 자운의 미간이 꿈틀하고 움직였다.

"이게. 죽을래?"

퍼억!

단번에 주르륵 하고 밀려나는 우천의 몸뚱이. 코에서는 피가 주르륵 흐르지만 그래도 우천은 뭐가 좋은 것인지 웃었다.

"헤헤. 돌아오셔서 다행입니다. 대사형."

그 자리에 주저앉아 코피를 닦을 생각도 하지 않고 웃는 우천을 향해 자운이 돌멩이 하나를 발로 찼다.

빠악―

"내가 죽기라도 했냐? 살아 있으니 당연히 돌아왔지. 난 지옥에 가도 염라대왕 코털을 부여잡고 살아날 놈이야."

취록이 옆에서 딴지를 걸었다.

"살아나는 건 좋은데 염라대왕 코털은 왜 잡는 건데요?"

"응? 그거야 뽑으면 아프니까 그런 거고. 어디 보자, 익숙한 거지 냄새도 나던데……."

자운이 고개를 휙 하고 돌린 곳에는 괴걸왕이 허허 하고 웃으며 서 있었다.

코털은 뽑으면 아프다 97

"꽤 고전하셨던 모양이군요."

일단 육성으로는 존댓말이 나왔지만, 전음으로는 전혀 다른 말이 갔다.

[더럽게 처맞고 있더만. 삼 년간 실력이 더 줄었나?]

"고전은 무슨. 그저 잠시 놀고 있었을 뿐이지."

[선배님이 괴물이 된 거라고는 생각하지 않으십니까?]

"그렇군요. 그럼 계속 노세요. 전 구경할 테니."

일적과의 싸움에 더 이상 관여하지 않겠다고 말하는 듯한 자운의 말투에 괴걸왕이 다급해졌다.

[난 괴물이 아니라 언제나 사람이었어.]

"어이쿠. 늙은이 부려먹을 생각하지 말고 자네가 좀 움직이게. 흘흘흘."

[예. 인두겁을 쓰고 있으니 일단 겉은 사람이겠지요.]

[속은?]

괴걸왕이 실수로 속마음을 전음으로 보내 버렸다.

[미친놈?]

자운이 아무도 모르게 암경을 뿌려 괴걸왕의 뒤통수를 후려쳤다.

빠악—

[뒈진다?]

다시 시선을 운산과 우천에게도 돌린 자운이 턱 끝을 매만졌다.

그가 가볍게 눈을 감았다 떴다.

"둘 다 실력이 꽤 오르기는 했네. 저번에 먹은 내단의 약력은 모두 흡수한 모양이군."

운산과 우천이 고개를 끄덕였다. 그 덕분에 내공의 양이 전과는 비교도 되지 않을 정도로 올라갔다.

태청신단만으로도 내공이 꽤 올라갔는데 거기에 순수한 내단이 더해졌으니 올라가지 않을 리가 없었다.

이전에 비해서 족히 배는 늘어난 듯했다.

"둘 다 강기지경에 들기는 했는데, 아직도 임독양맥을 타통하지 못했네. 쯧쯧."

자운이 혀를 찼다. 내단의 힘을 한 번에 폭발시켰으면 예전에 타통해 버렸을 임독양맥을 아직 타통하지 못했으니 자운으로서는 안타깝기 그지없는 일이었다.

그런 그의 속마음을 아는지 모르는지 운산과 우천은 계속해서 웃어 보일 뿐이었다.

그들이 그렇게 이야기를 나누고 있는 동안 무시된 이가 하나 있었다.

바로 일적이었다.

일적의 몸에서 마기가 피어오르더니 다시 야망갑이 입혀진다.

그가 이를 뿌득하고 갈았다.

상대가 누구인지는 알고 있다. 난신이 아니던가!

화가 나지만, 그가 감히 상대할 수 있는 자는 아니었다.

칠적 중 여섯이 모두 저자의 손에 생을 마감했다.

그 역시 다르게 되지는 않을 것이다. 일적은 분노하기는 했으나 냉철하게 자신의 상황을 평가했다.

거기다 지금은 옆에 괴걸왕까지 있는 상황, 몸을 빼야 한다.

야망갑을 두르고 몸을 움직이면 더 빨리 움직이는 것이 가능할 것이다.

더군다나 지금처럼 다른 곳에 신경을 쓰고 있는 난신이라면 몸을 뺄 확률이 더 높아진다.

'도망가자!'

그 순간, 난신이 일적을 바라보았다.

"벌써 가려고? 좀 더 놀다가지?"

일적의 등이 단번에 축축하게 젖었다.

도망가기는 이미 글렀다. 그렇다면 선제공격, 괴걸왕이 끼어들기 전에 공격을 해서 그를 전투 불능의 상태로 만들어야 한다.

"죽어라!"

놈이 손을 주욱 하고 뻗었다.

일곱 개의 병기가 단번에 자운의 몸에 박혀들었다.

퍼버버버버벅—!

하지만 피는 튀지 않았다.

이미 자운은 그 자리에 서 있지 않았기 때문이었다. 그가 찌른 것은 허상이었다.

허상이 연기로 변해 허공중으로 사라지고, 자운이 황룡무상강기를 둘렀다.

일룡부터 육룡까지 단번에 여섯 마리의 용이 자운의 몸을 휘감는다.

"그렇지. 그렇게 놀다가야지. 값으로 어깨 위에 달린 거 지불하고 가라."

콰앙—

패룡이 날았다.

묵직한 충격이 대지를 흔들고 금이 쩌저적 하고 간다.

엄청난 충격파가 사방으로 터져 나갔다.

얼마나 강했던지 괴걸왕이 피해야 할 정도였다.

몸을 움직여 충격파를 피하는 괴걸왕을 보며 자운이 중얼거렸다.

"너는 나서지 마. 저건 내 유흥거리니까."

절대의 고수가 단번에 유흥거리로 전락해 버렸다.

"이노옴!"

일적의 몸에서 검은 기운이 솟구치고, 거대한 망치가 허공에 모습을 이루었다.

쾅—

바닥을 내려찍은 패룡의 머리를 일적이 그대로 망치로 후려친다.

반발력이 패룡을 타고 자운의 몸으로 전해졌다.

자운의 눈썹이 꿈틀하고 움직인다.

"좀 찌릿한데?"

이윽고 움직인 것은 환룡과 암룡.

환룡이 찰나의 시간에 여럿으로 불어났다. 저 먼 왜국의 신화에 나오는 머리 아홉 달린 뱀과 같기도 했다.

"이런 빌어먹을!"

어지럽게 움직이는 환룡에 마침내 일적이 욕지기를 토했다.

하지만 아직도 황룡무상강기는 끝난 것이 아니었다.

환룡이 그의 눈을 어지럽히는 동안 허공에 녹아든 것은 암룡.

그 이름답게 기척이 제대로 느껴지지도 않는다.

일적이라고 할지라도 주변에 무언가가 있다는 것을 어렴풋이 느낄 뿐, 정확하게 어디에 있는지 알 수가 없었다.

그 위치를 알 수 있는 건 느긋하게 암룡을 조절하고 있는 자운 말고는 없을 것이다.

"하암."

자운이 하품을 했다.

암룡을 다른 사람이 느낄 수 있는 것은 단 한 순간밖에 없다.

암룡이 공격을 위해 실체화되는 순간, 그 순간을 느껴서 몸을 비틀어야 한다.

피슛—

암룡의 뿔이 실체화가 되며 공간을 찔렀다.

파바바밧—

온 감각을 집중하고 있던 일적이 힘을 다해 몸을 틀었다.

"어? 그쪽은!"

하지만 그것은 일적에게 있어 또 하나의 재앙이었다.

그가 몸을 튼 곳으로 패룡이 날아왔던 것이다.

일전의 거대한 망치에 머리를 맞은 것을 복수라도 하겠다는 듯 무지막지한 육탄돌격이었다.

콰앙—

일적의 몸이 낫의 형상으로 접어졌다. 온몸으로 충격파가 타고 뻗어나갔다.

척추가 부러지지 않은 것이 기적이라고 할 정도의 충격이었다.

갈비뼈가 서너 대는 나간 듯하고, 속에서는 피가 왈칵왈칵 개어져 나왔다.

'이런 괴물이라니.'

새삼 삼공이 아니라면 이 괴물을 상대하기 어려울 것이라는 생각이 들었다.

이 괴물은, 칠적 정도의 실력으로는 감히 가늠하기도 힘든 경지에 올라 있었다.

맞상대 할 수 있는 이는 아마도 삼봉공 혹은 일성이 전부일 것이다.

"자자. 이제 그만 끝을 내야지."

자운이 염룡을 움직였다.

염룡의 움직임에 따라 화끈한 바람이 와 닿는다.

과연 열양지력의 결정체라 할 수 있는 염룡!

"이대로 죽지는 않는다. 흐흐흐흐."

일적이 입가로 피를 흘리면서도 야망갑을 더욱 두텁게 둘렀다. 공격을 도외시하고 방어만을 위하여 야망갑의 두께를 늘린다.

이번 한 번의 공격을 막아낸 후에, 그다음 이어지는 짧은 틈을 노려 자운에게 한 방 먹일 생각이었다.

치명상은 되지 않더라도, 후에 일성이나 삼봉공이 싸울 때 조금 유리한 위치를 점할 수는 있을 것이다.

"와라!"

일적의 말에 자운이 소리쳤다.

"오냐!"

염룡이 불을 내뿜는다.

화아아아아—

폭발하는 화산보다 뜨거운 불길이 그대로 일적을 향해 쏟아졌다.

아무리 야망갑을 두텁게 입었다고는 해도 놈의 불길은 너무도 강했다.

살이 짓뭉개지고 진물이 흘렀다. 화상을 입고 있는 것이다.

동시에 야망갑이 조금씩 녹아내리기 시작한다.

"으으으으으윽!"

눈알이 뒤집어질 정도의 고통이 느껴지지만 일적은 감내했다.

참아내었다.

그가 그렇게 고통을 견디는 것을 아는지 모르는지 염룡이 뿜어내는 불길은 계속해서 이어졌다.

신기한 점은 그렇게 강력한 불꽃을 다루는데도 주변의 초목은 하나도 타지 않고 있다는 점이었다.

그것은 생각보다 간단한 이유였다.

본래 황룡무상십이강이 발휘되는 것은, 무로 이룰 수 있는 그 분야에서 정점에 달했을 때다.

패룡 역시 그랬고 호룡이나 환룡이라고 해도 다를 것은 없었다.

말 그대로, 염룡은 불을 다루는 열양지공에 있어 정점에 올랐을 때 발휘되는 것이었다.

정점에 오른 자운은 자신이 태우고 싶은 것과 그렇지 않은 것을 자연스럽게 조절할 수 있었다.

화마가 바닥을 휩쓸고는 있지만 풀 하나 타지 않는다.

오로지 뜨거운 고통을 느끼는 것은 일적이 전부였다.

"크으으으윽!"

일적이 신음을 흘렸다.

이제야 끝나 간다.

끝이 나면, 한순간의 틈을 노려 공격을 할 생각이었다.

이미 야망갑은 거의 모두 녹아내려 너덜너덜한 상황이었고, 살점 역시 형체를 알아볼 수 없을 정도로 녹아내렸다.

진물이 온몸에서 흘러내려 고약한 냄새도 났다.

자운이 불 속에서 견디고 있는 일적을 흘깃 하고 바라보았다.

"이제 죽었나?"

사실 지금 일적의 상태는 살아 있다고는 말하기 어려운 상황이었다.

야망갑은 완전히 녹아 버렸고 살점은 불에 타서 사라지고 있다.

뼈가 보일 정도로 몸이 타고 있는데도 버티고 있는 것은 일적의 거대한 내력 때문이라고 해도 될 것이다.

그리고 마침내 자운이 뿌려대는 염룡의 불이 끝나는 순간 일적의 몸이 움직였다.

죽음을 참아내고 거부하며 견뎌온 틈이다.

단번에 일적의 주먹이 자운의 가슴에 닿았다.

"어라?"

하지만 그뿐이었다.

스스로는 공격에 성공했다고 생각할지 모르겠지만, 일적의 내력은 이미 다한 상태였다. 근육조차 모두 녹아내려 충분한 근력이 바탕이 되지 못했다.

그런 공격이 자운에게 통할 리가 없었다.

가슴에 닿았을 뿐, 낙엽이라도 내려앉은 느낌을 받은 것이 전부였다.

자운이 검결지를 이용해 일적의 목을 쳤다.

"귀찮게 하지 말고 그냥 좀 한 방에 죽어버리지."

불길에 모두 말라 버린 것인지 피도 흐르지 않는 그의 목이 허공을 날았다.

그리고 자운이 손을 털었다.
"청소 끝."

자운의 압도적인 힘을 바라본 운산과 우천이 한마디씩 했다.
"그야말로 난신이군요."
"사제는 그렇게 생각해?"
"사형은 아닌가요?"
우천의 말에 운산이 고개를 끄덕였다. 난신이라고 보기에는 그렇다.
여섯 마리의 황룡을 부리다니, 이 모습은 난신이 아니라 그야말로 용제(龍帝)이지 않던가!
표현을 하려면 그쯤은 되어야 할 것이다.
"용제? 용왕? 용황? 무어라 표현을 해야 하지?"
그들의 대화에 괴걸왕이 끼어들었다.
"뭘 그리 고민하나. 자네들의 사형은 틀림없는 난신이야."
그가 주변을 돌아보며 말했다.
염룡이 태워 버린 초목은 없으나 다른 다섯 마리의 용이 뭉개 버린 초목들은 널려 있었다.
주변이 그야말로 난장판, 어지럽기 그지없다.
한 번의 전투로 이런 모습을 만들어내는 사람에게 난신이라는 이름 말고 또 뭐가 어울린다는 말인가!

운산과 우천이 고개를 끄덕였다.

이건 부정할 수 없을 듯했다.

"그렇군요."

"흘흘흘. 그렇지. 황룡(黃龍)의 난신(亂神)이라니, 뭔가 좀 어울리지 않는 듯하군."

황룡은 사방신을 통솔하는, 중앙에 위치한 가장 고귀한 신수이다.

반대로 난신(亂神)은 괴력난신(怪力亂神)이라는 말에서 알 수 있듯 주변을 어지럽게 하는 귀신을 이른다.

전혀 다른 의미를 가진 두 개의 단어가 하나가 되었다.

황룡(黃龍)의 난신(亂神)

조금 이상한 이름이기는 했으나, 자운을 표현하기에 그보다 더 알맞은 무림명은 없을 듯했다.

취록까지 괴걸왕의 말에 동의를 표했다.

"황룡난신(黃龍亂神)이군요."

괴걸왕과 운산 그리고 우천이 고개를 끄덕였다.

그들의 말을 듣고 있던 자운이 소리를 빽 하고 질렀다.

"난신은 빼!"

第六章 역시 정상인은 아니야

황룡난신

자운과 합류한 이들이 대놓고 적성의 구역을 활보했다.

조합이 워낙 특이한 일행이었기 때문에 쉽게 눈에 띄기는 했으나 무서울 것은 없었다.

그들의 바로 옆에는 천하제일인에 가장 가까운 존재인 자운이 있었다.

그것으로도 부족해서 절대의 경지에 오른 고수인 괴걸왕까지 있었으니 거칠 것이 없을 만도 했다.

무림맹으로 향하는 길목에서 자운이 괴걸왕을 향해 물었다.

"그럼 무림맹주는 누가 된 거지?"

자운이 고개를 갸웃하며 물었다. 자운은 아직도 이 시대의 절대고수들에 대해서 알지 못한다.

그러니 막연히 추측되는 사람들의 이름을 나열해 보았다.

"독왕인가? 아, 그리고 검도자는 좀 괜찮으시려나?"

괴걸왕이 독왕이라는 말에 고개를 절레절레 흔들었다.

그리고는 검도자라는 부분에서는 한숨을 푸욱 하고 내쉬었다.

"왜 한숨을 쉬는 겁니까?"

자운의 물음에 답을 한 것은 취록이었다.

"무림맹주에 오른 것은 남궁세가의 전대 가주, 검성 남궁인 대협이세요."

자운이 볼을 긁적거렸다.

이번에도 처음 들어보는 이름, 검성이라는 이름을 보니 칼질 좀 할 거라는 생각이 들었다.

"이번에도 칼질 좀 하나 보군."

자운의 말에 운산과 우천이 피식 하고 웃었다. 그가 매화검선의 죽음을 처음 들었을 때 한 말이 불현듯 떠오른 것이다.

분명 자운은 칼질 좀 하는 늙은이가 죽었다고 말했다.

그때 들어서 기겁할 이야기이기는 했지만, 지금 자운의 성격을 생각하자면 충분히 그럴 만한 이야기이기도 했다.

자운의 성격을 아는 취록과 괴걸왕 역시 고개를 끄덕였다.

다만 경악한 쪽은 다른 구조대원들이었다. 자운의 성격에 대해서 잘 알지 못하니 경악하는 것은 당연한 이야기. 그들이 그러든지 말든지 자운과 취록이 계속해서 이어나갔다.

"그럼 검도자 부분에서 한숨을 쉰 이유는?"

역시 취록이 설명해 준다.

"검도자께서는 적성과의 대결 후에 얻은 병을 아직 다 치료하지 못하셨어요. 그래서 무공에 비해 정신은……."

자운이 한마디 던졌다.

"결국 아직 벽에 똥칠 하는 병은 고쳐지지 않은 것이군."

주변 사람들이 경악을 하든 말든 자운은 하고 싶은 말은 하자는 주의였다.

* * *

본래 무림맹에 들어서기 위해서는 꽤나 많은 복잡한 절차를 거쳐야 한다. 무림맹이라는 것이 정파의 주요한 사람들이 모여 만든 조직일 뿐만이 아니라 지금 상황이 흉흉하기 그지없어 어찌 보면 당연한 일이었다.

하지만 자운 일행이 누구던가.

함께 있는 이는 바로 정파무림을 대표한다는 고수 중 한 사람인 괴걸왕이었다.

별다른 절차도 없이 무림맹의 정문을 통과한 자운은 귀빈실로 배정을 받았다.

명색이 절대의 고수, 평범한 방을 배정해 줄 리가 없는 것이다. 당연히 전속 시녀 역시 따라 붙었다.

비월이라는 이름의, 이제 갓 스물이 된 여인이었다.

자운이 방에 설치된 종을 이용해 가볍게 비월을 불렀다.

침상의 위에는 끈이 설치되어 있었는데 그 끈을 잡아당기면 다른 곳에 있는 종이 울리며 시녀에게로 연락이 가게 되는 간단한 장치였다.

그가 줄을 잡아당겼다.

딸랑딸랑 하는 소리가 울리고 곧 비월이 공손하게 고개를 숙이며 들어왔다.

비월은 지금 숨이 넘어갈 정도로 긴장한 상황이었다.

얼마 전, 무림맹에 난신이 온다는 소식을 들었다.

당연히 귀빈들이 머무는 곳에 숙소가 배정될 것이었고 귀빈관의 시녀 중 한 사람이 그를 담당하게 될 것이 분명했기 때문이다.

그 영광은 비월에게 찾아왔다.

눈앞에 있는 이는 무림의 젊은 신성이자 동시에 구성인 것이다.

물론 전혀 젊지 않았지만 소문은 그렇게 났다.

"부르셨습니까. 대, 대협."

목소리가 살짝 떨리는 그녀를 보고 자운이 피식 웃었다.

"떨지 말고, 오랫동안 목욕을 못해서 그런데 물 좀 받아줘."

사실 몸에 묻은 먼지나 노폐물 따위는 내기를 세밀하게 조절해서 모두 날려 버릴 수 있다.

하지만 그것과 목욕을 해서 땀을 씻어내는 것은 느낌이 달랐다. 이백 년간 목욕을 한 번도 하지 못했기 때문인지 자운 개인적으로도 목욕을 굉장히 좋아하기도 했다.

경지에 올라 뜨거움과 차가움을 느끼지 못하지만 하고자 하면 못할 것도 없다.

감각을 더욱 세밀하게 하고 몸을 보호하는 기운을 일정량 갈무리해 버리면 따뜻한 물의 온도를 충분히 만끽할 수 있을 것이 분명했다.

교육이 잘 된 시녀 비월이 공손하게 고개를 숙였다.

"예. 곧 준비를 하도록 하겠습니다."

목욕을 한 후에는 조금 피곤하고 나른한 몸을 추슬러 무림맹주를 만나러 가야 할 것이다.

현 무림맹의 맹주이자 검성(劍星) 남궁인이 그에게 독대를 청한 것이다.

귀찮기는 했지만 만나봐야 할 터였다.

또한 자운 역시 궁금하기는 했다. 구파일방과 오대세가가

역시 정상인은 아니야

연합했다고는 하나 둘 사이에 어느 정도의 다툼은 여전히 존재한다고 봐야 한다.

그런 상황에서 구파일방이 쉬이 무림맹주의 자리를 포기했을 리가 없다.

그런데도 오대세가의 사람이 맹주가 되었다니 어떤 사람인지 궁금하지 않을 리가 없었다.

곧 비월이 뜨거운 물을 대나무로 만든 욕조에 잔뜩 받아 준비를 했다.

자운이 하얀 옷 하나만을 걸친 채로 그 속에 몸을 푸욱 담갔다.

"시중을 들어드릴까요?"

그녀가 자운의 의중을 물어온다. 귀빈관의 시녀답게, 목욕 시중에 관한 훈련도 충분히 되어 있는 이가 바로 비월이다.

'전시인데 쓸데없이 그런 건 꼼꼼하네.'

자운이 혀를 끌끌 하고 찼다. 그리고는 가볍게 물을 손가락으로 튕기듯 장난을 치며 말한다.

참방—

"됐으니까 술이나 가지고 와. 여기서 한잔 마시게."

따뜻한 곳에서 마시면 취기가 잘 오른다. 혀가 꼬일 때까지 마실 생각은 없으니 적당히 즐길 만은 할 것이다.

물의 온기가 피부로 느껴지니 기분이 좋다.

"예. 알겠습니다."

문이 스르륵 닫히는 소리가 나며 그녀가 나갔다.

아마도 곧 술을 준비해 올 것이다.

비월이 돌아올 때까지, 자운은 나른한 기분을 즐겼다.

목욕을 하며 동시에 술 한잔 걸치는 것까지 마무리한 자운은 옷을 갈아입고 맹주의 집무실이라 할 수 있는 창천궁으로 향했다.

맹 내부의 지리에 대해서는 자운이 아는 것이 전무했기 때문에 안내로 비월이 앞장섰다.

자운이 앞장서 가는 비월의 뒷머리를 바라보며 물었다.

"맹주는 어떤 사람이지?"

그 말에 그녀가 잠시 걸음을 멈추더니 고개를 살짝 숙이며 답한다.

"저 같은 것이 어떻게 맹주님을 만나 뵈어 봤겠습니까. 단지 다른 분들이 좋은 분이다 하시니 그렇게 생각하는 거지요."

자운이 고개를 끄덕였다.

"그렇군. 그럼 주변의 소문이나 그런 거 뭐가 어떻지?"

그 말에 비월이 자운을 잠시간 빤히 바라보았다. 조금은 특이했던 것이다.

자운 스스로가 정파에서 내로라 하는 위치에 올라 있는 절

역시 정상인은 아니야 119

대의 고수이다. 그런 절대의 반열에 든 고수가 다른 고수의 이야기를 전혀 알지 못한다?

자운의 사정을 알지 못하는 비월로서는 그것이 이상하게 비칠 수밖에 없었다.

한순간이나마 짧게 드러났던 표정이지만 비월의 표정을 자운이 놓칠 리가 없었다.

그 표정을 읽고는 어깨를 으쓱해 보이는 자운.

"아아. 내가 사실 무림의 소문이나 그런 거 좀 관심없는 삶을 살던 녀석이라서 말이야."

잠만 자던 삶을 살던 사람이다.

자운의 말에 비월은 잠시간 납득이 어렵다는 표정을 지어 보였지만 이내 그의 물음에 답을 한다.

"한번 내뱉은 말에는 꼭 책임을 지는 분이라는 이야기를 들었습니다. 평소의 성격은 점잖으시지만 불의를 보면 참지 못하는 분이라는 소문도 들었고요. 사람을 잘 대하시는 분이라 무림의 이름만 들으면 알 명사들이 그분과 친우가 되기를 거절하지 않는다고 하더군요."

"전형적인 호인이로군."

소문이 그렇게까지 났다면 나쁜 양반은 아닐 것이다. 물론 뒤로 호박씨를 까는 사람들이 한둘이 아니기는 하지만, 그런 이들의 소문에는 좋은 이야기와 함께 미심쩍은 추문이 함께 따라붙게 마련이다.

비월이 추문을 함께 이야기하지 않았으니 그리 나쁜 이는 아닐 것이다.

'일단 만나봐야 알 수 있겠지.'

높게 솟은 기둥과 기둥이 떠받들고 있는 지붕, 전체적으로 푸른색으로 어우러지게끔 만들어서 창천궁이라는 이름이 꽤 잘 어울렸다.

멋들어지게 쓰여진 창천궁이라는 현판을 읽은 자운이 그 자리에 멈추어 선 비월을 눈으로 흘깃 바라보았다.

"여기서부터는 제가 들어설 수 없습니다. 창천궁의 제일 높은 곳에 맹주님이 계시니 올라가시면 됩니다."

"아아. 그래. 안내해 주느라 고마웠어."

자운이 손바닥을 가볍게 흔들며 창천궁 내부로 들어갔다.

들어서는 순간 수십 개의 눈이 자운을 주시한다. 보이지는 않지만 느끼지 못할 리가 없다.

아마도 무림맹주를 비밀리에 호위하는 이들일 것이다.

"꽤 수준들이 높군."

자운이 주변을 둘러보며 말했다. 자운 정도 되는 고수이니 이들의 기척을 모두 잡아내었지, 어지간한 이들은 기척을 감지조차 하지 못할 것이다.

운산과 우천 정도의 실력이라 해도 방 안에 누가 있다는 것

역시 정상인은 아니야

정도만 간신히 눈치챌 정도였다.

 물론 그렇다고 해서 이들의 무공이 운산과 우천에 비해서 뛰어나다는 것은 아니었다.

 이들이 익힌 것은 암행(暗行)과 잠행술(潛行術), 그것에 한하여서는 굉장히 뛰어난 것이기 때문에 기척을 잡기가 어려운 것이었다.

 '물론 무공이 모자란 것은 아니겠지만.'

 자운이 왼쪽을 돌아보았다. 그곳에서 느껴지는 기척이 가장 고수다.

 아마도 이들의 수장일 가능성이 높았다.

 자운이 그쪽을 향해서 가볍게 손을 흔들었다.

 "수하들 데리고 수고가 많네. 놀지도 못하고 말이지."

 가볍게 한마디를 남기고 이 층으로 올라가는 자운. 일 층에 비해서 이 층은 사람의 수가 줄어들기는 했지만 질은 훨씬 높아진 느낌이었다.

 그리고 그 사이에서, 자운은 익숙한 얼굴을 발견했다.

 "어?"

 자운이 먼저 알은체를 하고, 상대방 쪽에서도 자운을 향해 포권을 취해 보인다.

 "오랜만이군요. 천 대협."

 자운이 고개를 끄덕였다.

"그렇네요. 애들이 비무한 이후로 얼마만인지. 좀 되었네요."

신기수사(神機秀士) 제갈운.

그가 바로 창천궁의 이 층에 있었던 것이다.

"그런데 제갈 대협이 여기는 웬일입… 아, 알겠군요."

자운은 물으려다 말고 자신이 얼마나 멍청한 질문을 했는지 이해했다. 그가 고개를 끄덕였다.

제갈가는 대대로 머리가 좋기로 유명하다.

하여 무림맹이 창설될 경우 맹주 직은 맡지 못하더라도 군사 직을 하는 것으로 유명하다.

그 머리가 뛰어나다는 제갈세가 중에서도 신기수사라는 이름이 붙은 제갈운, 그가 무림맹의 군사가 되는 것은 당연하지 않은가.

제갈운이 손가락으로 바로 옆에 있는 방을 가리켰다.

"여기가 군사부라서 말입니다. 천 대협은 왜 이곳에……?"

자운이 손가락으로 위를 가리켰다.

"맹주께서 독대를 청하시더군요."

"그렇군요. 그럼 올라가 보셔야……."

자운이 고개를 끄덕였다.

"예. 다른 이야기 하실 것이 있으면 나중에 하지요."

"제가 한번 청하겠습니다."

역시 정상인은 아니야 123

제갈운과의 인사까지 간략하게 마친 그가 마지막 꼭대기 층, 삼 층으로 향했다.

창천궁은 삼 층으로 이루어져 있었는데 일 층은 창천궁으로 들어오는 이들을 감시하기 위한 장소였기에 많은 이들이 기척을 숨긴 채로 숨어 있다.

이 층은 무림맹의 대소사에 모두 관여하는 군사부이자 동시에 문상부가 있는 곳이었다.

자운이 마지막 층에 발을 디뎠다.

이곳이 무림맹주가 있는 곳, 맹주전이다.

자운이 맹주전의 문 앞에 서자 그의 기척을 읽어낸 남궁인이 말한다.

"오셨습니까. 오셨으면 들어오시지요."

그의 허락이 떨어지자 자운이 문을 열었고, 그 속에 앉아 있는 사람을 볼 수 있었다.

전형적인 호인의 상이었다.

보는 사람의 기분이 나빠지지 않도록 은은한 미소를 걸고 있는 것까지, 들은 대로 나쁜 이는 아닌 것이 분명했다.

"이리 와서 앉으시지요."

그의 말에 자운이 남궁인의 맞은편에 앉는다.

"처음 뵙겠습니다. 황룡문의 태상호법 천자운이라 합니다."

자운이 인사를 하자 그 역시 자운을 향해 포권을 취해 보이며 인사를 한다.

"부족하나마 무림맹주의 자리에 있는 남궁인이라고 합니다."

자운이 기세를 일으켜 남궁인을 살피고, 남궁인 역시 기세를 일으켜 자운을 살핀다.

자운으로서 남궁인을 읽어내는 것은 어려운 일이 아니었다. 모두를 읽는 것은 어려웠지만 어느 정도를 읽어내는 것은 일도 아니다.

단번에 그의 실력에 대해서 판단을 내린다.

'괴걸왕, 그놈보다 아주 조금 뛰어나기는 하군.'

반대로 자운에게서 아무것도 읽을 수가 없었던 남궁인은 그야말로 충격에 빠졌다.

'허허허허허.'

속으로 헛웃음을 터뜨린다.

무림의 절대자이자 검성이라는 별호를 얻을 정도로 강력한 무인이 바로 그다.

그런 그가 자운에게 읽어낼 수 있는 것이 없는 것이다.

괜히 호승심이 타올랐다.

'아, 귀찮게.'

그 호승심을 읽어낸 자운이 손을 들었다.

휘리릭— 탁!

두 사람 사이에 맴돌던 기운이 단번에 정지한다. 자운의 기운은 그대로 단전 속으로 갈무리되었다.

모든 기운이 사라지자 남궁인의 눈가에는 자연 의문이 깃들었고 동시에 호승심이 사라졌다.

"서로 살피는 건 이제 이쯤 하도록 하지요. 먼저 이곳에 부른 용건부터 듣고 싶은데 말입니다."

단번에 자신의 기운을 쳐내고 호승심을 꺾어버린 자운을 향해 남궁인이 헛웃음을 터뜨리며 답했다.

"허허허허. 그렇군요. 바로 본론으로 들어가자니, 성격이 조금 급하신 모양입니다."

말을 하며 자운의 앞에 차를 내놓는다.

향이 나쁘지 않은 것이 색 역시 곱다.

"벽라춘(碧螺春)?"

자운의 물음에 그가 고개를 흔든다. 향이 비슷하여 벽라춘일 것이라 생각했는데, 그렇지 않은 모양이다.

"일단 들어보지요."

그의 말에 자운이 후르릅 하고 차를 마셨다. 뜨거운 것쯤은 문제가 되지 않는다.

차를 마셨음에도 불구하고 다도에 대한 조예가 깊지 않아서 그런 것인지 무슨 차인지 알 수 없다.

"모르겠군요."

"그러실 겁니다. 제 고향에서 나는 차입니다. 태평후괴(太平猴魁)라고 하지요."

태평후괴, 녹차 잎을 이용해 만드는 차의 일종으로서 황산모봉(黃山毛峰)과 함께 굉장히 유명한 차이기도 하다.

안휘성 태평호의 일대에서 생산되는 것으로 잎이 가늘고 침형이었다. 그 사실을 알 리 없는 자운은 그저 고개를 끄덕이며 차 맛이 좋다고 중얼거릴 뿐이었다.

자운이 차를 반 정도 비워내었을 무렵, 남궁인과 자운의 사이에서 본격적인 이야기가 시작되었다.

"무상(武上)을 말인가요?"

자운의 말에 남궁인이 고개를 끄덕였다. 제갈운이 맡고 있는 자리가 무림맹의 군사 자리라고 할 수 있는 문상, 별개로 무상의 자리는 비워져 있는 상황이었다.

맹주와 무상의 자리는 오대세가에서 차지했으며 그보다 한 배분 아래인 맹의 장로위는 모두 구파일방에서 가져갔다.

거의 공평하게 구파일방과 오대세가의 힘이 무림맹의 절반씩을 차지하고 있다고 봐도 좋을 구도였다.

이 상황에서 어느 한쪽이 무상의 자리를 차지해 버리면 그 구도가 무너지게 된다.

간신히 잡아 놓았던 중심이 무너지는 것이다. 그것을 막기 위해 머리를 굴려 내놓은 한 가지 방법은 무상의 자리를 구파일방, 오대세가와 전혀 관계가 없는 사람에게 주는 것이었다.

"그래서 주선(酒仙)께도 부탁을 드려 봤는데 거절을 하시더군요."

"주선(酒仙) 말입니까?"

갑자기 술에 취해 사는 노인의 모습이 떠오른다. 직접 본 것은 아니지만 대충 어떤 모습일지는 선명하게 그려진다.

그 역시 자운이 알지 못하는 절대의 고수 중 하나인 모양이다.

"예. 본래는 천 대협께 부탁드릴 생각이었으나 천 대협께서 삼 년간 모습을 보이지 않던 터라……."

자운이 고개를 끄덕였다.

"폐관에 들어 있었지요."

"그렇군요. 원하시던 바는 이루었습니까?"

"어느 정도는 이루었으니 나왔지요."

자운의 말에 남궁인이 호탕하게 웃었다.

"허허허허. 그렇군요. 제가 괜한 질문을 했습니다."

자운이 마지막 한 모금을 마셔 차를 비워내었다.

깨끗하게 찻잔을 비워낸 자운의 눈을 남궁인이 응시했다.

"무상의 자리, 수락한 것으로 봐도 되겠습니까?"

"흠……."

턱을 가볍게 쓸어내리는 자운. 무상의 자리를 맡아주는 것은 어렵지 않다. 하지만 그 대가로 자신 역시 얻는 것이 있어야 할 것이다.

"조건을 두도록 하지요."

조건이라는 자운의 말에 남궁인이 고개를 끄덕였다. 그 정도는 예상하고 있었던 것이다.

"예상하고 있었던 일이군요. 무리가 가지 않는 일이라면 들어드리도록 하겠습니다."

"황룡문의 문도들이 뿔뿔이 흩어진 걸로 알고 있습니다. 그들에 대한 소재를 파악할 수 있습니까?"

자운의 말에 남궁인이 눈을 감고 찬찬히 생각을 하더니 말했다.

"예. 아마도 할 수 있을 것 같군요."

그들에 대한 소식이라면 무림맹의 정보력을 이용해 얻어 낼 수 있을 것이 분명했다.

"그들을 무림맹으로 불러모아 제 아래에 독자적인 조직을 하나 만들고 싶습니다.

"독자적인 조직이라면?"

남궁인의 미간이 좁혀졌다.

"별거 아닙니다. 문상부가 있듯 무상부를 만들겠다는 거지요. 문상부에 명령을 내릴 수 있는 위치는 어느 정도 되어야 합니까?"

"맹주인 저와 군사가 아니라면 그들에게는 절대로 명을 내릴 수 없도록 되어 있습니다."

자운이 마음에 든다는 듯 고개를 끄덕였다.

"그 정도면 저도 만족합니다. 맹주님과 무상인 저의 지휘만을 받는 독자적인 조직, 그 조직을 만들겠다는 겁니다."

"그들이라면 무림맹에서도 충분히 조직해 줄 수 있는 문제입니다. 황룡문의 사람들만을 데리고 그 조직을 이끌겠다는 연유는 따로 있는지요?"

자운이 고개를 끄덕이며 손가락 검지 두 개를 내밀었다.

그리고는 두 손가락 검지를 맞닿게 해 이리저리 굴린다.

"일은 함께 해본 사람들과 해야 손발이 맞는 법이지요. 안 그렇습니까?"

일리가 있는 말이다. 또한 더없이 간단한 답이기도 했다.

생각지도 못했던 답이었는지 남궁인이 크게 웃음을 터뜨렸다.

"하하하하하, 그렇군요. 잘 알겠습니다. 그 정도는 충분히 수용이 가능한 조건입니다."

자운이 만족스러운 표정으로 고개를 끄덕였다.

"그 조건만 들어주신다면, 무상의 자리를 맡도록 하겠습니다."

무상의 자리라니, 무림맹이 설립된 이후로 지금까지 주욱 비워져 있던 자리가 바로 무상의 자리이다.
 이번 무림맹은 생긴 지 오래되지는 않았지만, 그 자리가 어떤 자리를 의미하던가.
 운산과 우천이 경악하는 것도 당연한 일이었다.
 하지만 정작 당사자인 자운은 태연자약하기 그지없었다.
 "무슨 문제라도 있어?"
 "아뇨. 아무런 문제도 없지만……."
 자운이 마지막으로 한마디 덧붙였다.
 "무상 자리 수락하는 대가도 하나 받기로 했다."
 무려 조건까지 달았단다.
 무림맹의 무상을 하는 대가로 조건을 달다니, 운산과 우천으로서는 감히 상상도 하지 못할 일이었다.
 그들에게 무림맹의 무상을 하라고 하면 '아이고, 감사합니다'라며 단번에 넙죽 수락할 것이 분명한데 말이다
 '역시 정상인은 아니야.'
 '대사형…….'

귀빈관의 방으로 돌아오자 운산과 우천이 자운의 방에서 기다리고 있었다.

그들도 자운이 맹주전에 불려갔다기에 궁금해하고 있던 차였다.

"다녀오셨습니까. 대사형."

"그래. 귀한 차 한 잔 얻어먹고 왔지."

"귀한 차요?"

자운의 말에 운산과 우천이 갸웃했다.

"그런 일이 있었다. 그것보다 너네가 이곳에는 웬일이냐?"

"대사형께서 맹주전에 갔다고 하시길래 이유가 궁금해서 여쭈어보려고 기다리고 있었습니다."

운산의 말에 자운이 윗옷을 벗어 놓고 의자에 털썩 걸터앉으며 말했다.

"별거 아닌 일이었는데. 한 자리 주겠다고 해서 받아먹으려고."

"한 자리요?"

우천의 의문에 자운이 고개를 끄덕이며 별일 아니라는 듯 대수롭지 않게 말했다.

"어. 무상의 자리 준다고 해서 받기로 했어."

자운의 말을 들은 운산과 우천은 경악했다.

역시 정상인은 아니야 131

第七章 케엑!

황룡난신

콰앙!

자운의 방문이 단번에 날아갔다. 날아간 문이 자운을 향해 덮쳐 온다.

"뭐야!"

자운이 경악을 토하며 손을 뻗었다. 문에 담긴 힘이 적지 않았기 때문에 그냥 맞아줄 수 없었던 탓이다.

자운의 손에서 경력이 일어났다.

황금빛 서기가 손끝을 맴돌고, 단번에 날아온 문짝을 후려친다.

케엑!

쾅—

손끝에 담겨 있던 기운이 문짝과 충돌하며 퍼져 나갔다.

동심원이 퍼져 나가듯 넓게 문을 때리는 내력, 쩌적 하는 소리와 함께 문이 갈라진다.

퍼엉—

자운의 손에 닿은 문이 포탄에라도 맞은 것처럼 허공중에서 폭발했다.

자운이 그 자리에서 벌떡 일어났다.

"어떤 놈이야!"

그런 그를 향해 뛰어오는 노인 하나, 익숙한 모습이었다. 자운이 손가락으로 그를 가리켰다.

"어어?"

정말 익숙한 얼굴이었던 것이다.

무당의 태극고수이자 동시에 자운이 말하기를 벽에 똥칠하는 병을 아직도 고치지 못한 인물이었다.

자운이 놀라 소리쳤다.

"태허 진인!"

자운이 소리치고, 그가 해맑은 얼굴로 자운을 향해 웃어 보인다.

"형!"

자운이 머리를 짚었다. 치매가 전혀 변하지 않은 것이다.

그 뒤를 따라 그의 제자라 할 수 있는 무당의 현 장문인, 청수 진인이 뛰어 들어왔다.

"사부님, 그리로 가시면 안 됩니다!"

역시 자운을 알아보고는 고개를 숙이며 인사했다.

"무량수불. 천 대협이셨군요. 또 저희 사부님이 피해를 입히신 것은 아닌지······."

그의 말에 자운이 박살이 나버린 문짝을 바라보았다. 사실 박살 낸 것은 자운의 손이기는 하다만 원인 제공은 태허 진인이 한 것이 아니던가.

그가 미간을 좁혔다.

"이미 피해는 입은 거 같은데?"

박살 나버린 문을 바라보는 자운의 시선을 따라 청수 진인의 시선 역시 움직였다.

그리고는 짤막하게 도호를 외운다.

"무량수불."

"지랄. 그놈의 무량수불은."

자운이 혀끝을 차며 청수 진인보다 먼저 들어와 문을 박살 내는 만행을 벌인 태허 진인을 바라보았다.

"넌 또 왜 들어온 거야?"

"형! 형! 비무하자!"

그때 그 미련을 아직 버리지 못한 모양이었다. 자운이 머리를 짚었다.

그런 자운을 태허 진인이 유심히 살핀다.

"팔 다 나으면 비무해 준다며. 비무하자, 비무!"

'유심히 살피는 이유가 그거였냐!'

자운이 버럭 하고 올라오는 것을 꾹 누른 채로 한숨을 내쉬었다.

"얘 좀 끌고 나가라."

자운의 말에 청수 진인이 고개를 절레절레 흔들었다.

"제 힘으로 안 됩니다. 무량수불."

자운이 쾅 하고 자리에서 일어났다.

"빌어먹을! 너 또 맞았냐!"

"무량수불."

고개를 숙여 보이는 그의 머리 위로 볼록한 혹이 솟아 있다. 분명 주먹으로 맞아 생긴 상처가 분명했다.

"그렇게 맞고도 넉살 좋게 웃는 걸 보니 넌 천생 말코구나."

"그렇게 봐주신다니 감사드립니다."

"칭찬 아니라고!"

"무량수불."

"아오. 젠장! 지랄 같은 무량수불, 그만하고 얘 돌려보낼 방법 좀 생각해 봐!"

그 말에 한참을 고민하던 청수 진인이 묘안이랍시고 방안을 내놓았다.

"그냥 비무 한번 해주는 거 말고는 없을 것 같습니다."

자운이 머리를 짚었다. 귀찮아 죽겠는데 비무는 또 무슨 비무라는 말인가. 해맑게 웃고 있는 저 얼굴 그냥 콱 하고 쥐어박아 버렸으면 좋겠다.

'어? 쥐어박아 버려?'

자운이 씨익 하고 웃었다.

비무를 빙자해서 한 대 쥐어박아 버리면 되는 것이 아닌가.

"그래. 비무 한판 하자."

자운이 웃었다.

'쥐어박아 주마.'

그런 자운의 속마음을 아는지 모르는지 태허 진인 역시 따라 웃었다.

"헤헤헤. 비무다. 비무야!"

     * * *

바람이 불었다.

<u>쓰스스스스스스</u>―

그들이 부러 선택한 곳은 사람이 적은 야외연무장이었다.

가까운 곳에 있는 연무장에도 갈 수는 있었지만 그곳에는 사람이 적지 않게 있다. 그들을 모두 물리고 비무를 한다고 하여도 절대의 경지에 오른 이들끼리의 비무, 상상도 하지 못할 여파가 뿜어질 것이 분명했다.

 그렇기에 그들은 조금 멀리 떨어져 있더라도 사람이 없는 곳을 선택했다.

 사람들의 왕래가 적은 구석에 있는 곳이라 그런지 을씨년스러운 바람이 불어왔다.

 장소에 있는 곳이라고는 태허 진인과 청수 진인, 그리고 자운뿐. 청수 진인으로서도 비무에는 최대한 보는 사람이 없을수록 좋다고 생각했기 때문에 사람이 없는 곳에 가는 것을 찬성했다.

 비무의 결과가 어떻든, 소문이 나는 것은 좋지 않기 때문이었다.

 청수 진인이 검을 뽑았다.

 스르릉

 "헤헤헤. 비무다. 비무야."

 그가 자운을 향해서 환하게 웃는다.

 자운 역시 그를 향해 웃어 주었다.

 "그래. 비무다. 비무구나!"

 어딘가 사악해 보이는 미소, 청수 진인이 자운과 운산의 얼굴을 한 번씩 보더니 비무의 시작을 알렸다.

"그럼 시작하도록 하겠습니다!"

그의 말이 끝나는 즉시, 태허 진인의 몸이 펑하고 쏘아진다.

자운을 향해 단번에 날아드는 그의 움직임에 자운이 손을 움직였다.

"어딜!"

자운의 손에서 일어난 경기가 태허 진인의 주먹을 밀어낸다.

쾅—

땅이 흔들리고, 태허 진인의 몸이 뒤로 날았다.

허공중에서 제비를 돌듯 빙글빙글 움직이는 태허 진인의 몸!

무당에서 자랑하는 보법!

제운종(蹄雲從)이 분명했다.

"헤헤헤. 형은 역시 강하구나!"

태허 진인이 감탄을 하며 자운을 향해 쏘아졌다. 제운종에서 일변하는 보법!

허공을 밟아서 몸을 튕기고 자운을 향해 검을 휘두른다.

검에서 펼쳐져 나오는 것은 역시 무당의 절기라 할 수 있는 검법이었다.

"헤헤. 칠십이초유지유검(七十二招有支有劍)이야."

무당의 심공이라 할 수 있는 양의신공의 기운이 검을 타고 주르륵 흘렀다.

한 눈에 보기에도 범상치 않은 절초가 펼쳐진다.

점은 선을 이루고 선은 면이 되어 빽빽하게 자운을 압박한다.

자운이 그 자리에서 빠르게 몸을 뒤집었다.

휘리릭— 휘리릭—

몸이 날듯 뒤로 물러나지만, 검으로 이루어진 벽은 그보다 빠르게 성큼 하고 자운을 향해 다가왔다.

"부수는 수밖에 없나?"

스르륵—

자운이 황룡신검을 뽑았다. 단전이 꿈틀거리고, 남들과는 비교도 할 수 없을 정도의 거대한 내력이 검을 타고 좌르륵 흘렀다.

황룡검탄(黃龍劍彈)!

일직선으로 검을 내리그음과 동시에 검이 꿈틀하고 움직였다.

황금빛 서기가 황룡을 이루고, 대포처럼 벽을 향해 쏘아진다.

퍼엉—

검벽이 흔들리고, 황룡이 울었다.

우우우우—

두 개의 검은 계속해서 힘겨루기를 하더니 이내 동시에 폭발을 해버린다.

콰앙—

자욱한 먼지가 일어나고, 거대한 기운이 동심원을 그리며 허공에서 퍼져 나갔다.

"역시 굉장하구나. 헤헤헤."

"내가 나이가 몇 개인데 이것도 못 막겠냐."

자운이 손을 뻗었다

한 손으로 펼치는 염룡교!

화르륵—

불꽃이 주먹을 휘감고 그대로 염룡교가 뿌려진다.

"어? 주먹? 그럼 나도 주먹!"

태허 진인이 웃으며 마주 주먹을 뻗었다.

아니, 주먹이 아닌 장법이다!

면장과 더불어 무당 장법의 최고로 꼽히는 십단금(十斷錦)!

공간이 열 번 갈라졌다.

동시에 바람이 세차게 염룡교를 향해 쏘아진다.

"미친. 십단금이라니, 저게 날 죽이려고!"

염룡교를 그대로 흔들었다. 손끝에서는 화염이 뿜어지고, 자운이 검초를 도초로 변화시켰다

염룡교를 휘감은 수도(手刀)가 그대로 직도황룡을 내리긋는다.

화르륵—

화염이 일곱 갈래로 늘어났다.

십단금과 충돌하는 일곱 개의 염룡교!

쾅 하는 폭음이 연달아 일곱 번 들렸다.

하지만 아직 세 번의 십단금이 남은 상황, 그런 상황에서도 자운의 얼굴은 여유롭기 그지없었다.

"바람은 불을 더욱 크게 하지!"

마지막 일곱 번째 염룡교가 십단금의 바람과 충돌하며 화르륵 커졌다.

화마의 벽이 자운의 앞에 펼쳐진 듯한 모습!

불은 바람을 태운다!

남은 세 개의 십단금이 그대로 화마에 휩쓸려 사라졌다.

자운이 손을 거두는 순간, 화마의 벽이 사라지고 그 사이를 헤집은 자운의 검이 뻗어진다.

보법은 광룡폭로.

발에 닿는 모든 바닥이 무자비하게 터져 나가고, 자운의 검이 빙글빙글 돌았다.

회전하던 검을 그대로 위로 쏘아 올리는 자운의 손길!

그 모습은 똬리를 틀고 있던 황룡이 허공을 향해 승천하는 듯한 모습이었다.

"황룡등천(黃龍燈天)이다!"

우우우우—

황룡이 울고, 강맹한 데다 속도까지 가미된 공격에 태허 진인이 펄쩍 뛰며 물러났다.

동시에 칠성둔형(七星遁形)을 펼쳐 몸의 존재감을 흐리게 한다.

허공중에 녹아들 듯하는 그의 움직임.

하지만 은형술은 무당에만 있는 보법이 아니었다.

자운의 발이 바닥을 헤집는다.

광룡폭로에 의해서 생겨난 모래와 돌 조각이 허공으로 치솟았다.

그 모습은 마치 용이 구름을 뒤집어쓰는 듯하다.

운해황룡(雲海黃龍)!!

휘리리릭—

자운의 몸 역시 운해황룡 속으로 녹아내렸다.

기감 역시 완벽하게 감췄고 그의 모습을 찾기란 쉽지 않아 보인다.

무당에서 태허 진인을 제외하고는 가장 고수라는 청수 진인 역시 자운과 태허 진인의 움직임을 쫓지는 못했다.

기감을 아무리 강하게 해봐야 잡히는 것이 전혀 없다.

그런 조용한 와중에, 무언가가 터지는 소리가 들렸다.

쾅—

한순간 운해황룡의 안개가 걷히고, 자운과 태허 진인의 모습이 살짝 드러났다가 사라졌다.

쾅쾅쾅—

충격이 연신 터져 나온다.

청수 진인이 뒤로 물러났다.

퍼엉—

은형술의 싸움에서 뒤진 것은 태허 진인 쪽이었다.

태허 진인이 코를 부여잡고 바닥을 굴렀다.

"아이코. 아야!"

자운이 뻗어낸 주먹에 코를 그대로 맞은 것이다.

코에서 피가 주르륵 흘렀다.

"어, 피 난다? 형, 죽었어!"

그가 두 팔을 흔들며 자운을 향해 날아들었다. 그 순간, 자운의 보법이 변했다.

운해황룡으로 휘감고 있던 먼지들이 자운의 두 다리 안으로 모여든다.

지룡천보행(地龍千步行)!

극의에 이르는 순간 모든 기운을 발치 아래에 둘 수 있으리라.

바람이 휘감기고, 모래와 돌 조각이 섞여들었다.

여의주를 갈고닦는다.

그 모습이 마침내 원을 이루었을 때, 자운이 공을 차듯 그것을 태허 진인에게 차내었다

뻐엉—

모래바람으로 이루어진 구체가 주변의 바람을 잡아당기며 그 모습을 불린다.

태허 진인을 향해 단번에 날아든다!

"으아아아?"

태허 진인이 두 손을 휘둘렀다.

무당의 면장과 팔괘장이 연달아 뻗어 나왔다.

쾅쾅쾅—

허공에서 폭발해 버리는 지룡천보행의 여의주!

자운과 태허 진인이 동시에 뒤로 주르륵 밀려났다.

"헤헤헤. 역시 재미있다."

태허 진인이 활짝 웃었다.

환하게 웃는 태허 진인과는 달리 자운은 매우 골똘하게 생각을 하는 중이었다.

'저걸 어떻게 한 대 때려주지?'

무공을 펼치는 건 완전 숙달된 고수 수준이면서, 하는 행동은 아이다.

그래서 더욱 얄밉다.

한 대 꽉 쥐어박아 버리고 싶은데, 황룡무상십이강을 여기서 뿌릴 수는 없으니 단숨에 결판을 보는 것은 무리일 듯했다.

'아까 코를 한 대 때리기는 했는데 말이지.'

자운이 말을 하며 자신의 어깨를 바라보았다.

선명하게 남아 있는 장인, 한 대씩 치고받았으니 쥐어박았다고 보기는 어려운 것이다.

태허 진인의 몸이 부웅 하고 날았다. 그가 검을 펼쳐 낸다.

"헤헤. 이것도 막아봐!"

그의 손에서 검이 유려하게 움직이고, 무당의 모든 무학이 집대성되어 있다는 최고의 절기가 펼쳐진다.

바라보던 청수 진인이 경악을 토했을 정도의 절기다!

"어어! 태극혜검!"

너무 놀라서 무량수불이라고 외는 것 역시 잊은 모양이었다. 직접 상대하던 자운이 더 놀랐다.

"미친!"

비무를 하다가 태극혜검을 펼치다니.

자운이 휘두르는 모든 공격이 철저하게 분해되었다. 검술이 허공으로 분해가 되는 듯 사라진다.

과연 무당의 최고 절기, 자운의 몸이 번번이 뒤로 밀려났다.

한참을 밀려나던 자운이 왼손으로 검결지를 말아 쥐고 용린벽을 세운다.

쑤욱 하고 솟아나는 용린벽, 태극혜검이 아무리 강하다고 한들 무려 일곱 겹이나 겹친 용린벽을 단번에 파괴할 수는 없다.

쩌저정—

용린벽 하나가 깨지고 두 번째 용린벽 역시 깨졌다.

하지만 자운 역시 준비가 완료된 상태, 무려 일 갑자의 내력을 불어 넣은 황룡검탄이다.

신검이라는 황룡신검마저 그 기운을 모두 감당하지 못해 부르르 떨렸다.

태극혜검을 밀어내려면 이 정도는 필요하다 생각했다.

콰앙—

황룡이 뿜어지고, 태극혜검과 충돌한다.

우우우우—

지금까지 펼쳐 낸 그 어떠한 황룡검탄보다 굵고 거대하며 동시에 색이 진한 황룡이 울었다.

콰과과과—

사방으로 충격파가 뻗어 나온다.

쾅하는 소리와 함께 자운과 태허 진인의 몸이 동시에 뒤로 밀려났다.

케엑! 149

욱신거리는 손바닥을 쥐락펴락하며 자운이 전방을 살폈다.

자운이 입맛을 쩝 하고 다셨다.

"별수 없나?"

속임수를 써야겠다.

자운이 황룡신검을 움켜쥐었다.

"헤헤. 형, 다시 간다!"

자운이 황룡신검을 움켜쥐는 것과 동시에, 태허 진인의 몸이 밀리듯 자운을 향해서 날아들었다.

콰과과과—

보법을 어떻게 밟는 것인지 한 번 박찰 때마다 삼 장의 거리를 쭉쭉 박차고 날아온다.

자운과 태허 진인의 사이는 약 십여 장, 태허 진인이 자운에게 당도하는 데 걸린 시간은 그야말로 촌각이었다.

"더럽게 빠르네!"

자운이 욕을 성토하며 경공을 밟았다.

황룡문의 보법 중 빠르기로는 으뜸으로 치는 보법, 비룡행(飛龍行)이 펼쳐진 것이다.

자운의 몸이 허공을 날았다.

태허 진인이 치고 오는 것만큼 빠르게 뒤로 빠져나갔다.

"으아아. 형 거기 서!"

자운이 뒤로 빠져나가자 태허 진인이 악을 쓰고 자운을 쫓았다.

 '그래. 그렇게 쫓아와라.'

 자운이 히죽하고 웃는다.

 무공을 아주 완숙한 무인처럼 펼치지만, 생각하는 것은 아직 아이이다.

 자운은 그 점을 노려 뒤통수를 한 대 후려갈겨 줄 생각이었다.

 "으아아아. 거기 서!"

 태허 진인의 말에 자운이 소리쳤다.

 "너 같으면 서겠냐!"

 보법을 밟는 그들의 움직임이 더욱 빨라지고, 신법 역시 더욱 가벼워져 이내 눈으로는 쫓을 수 없을 정도로 빨라진다.

 "서라앗!"

 태허 진인이 자운을 향해 주먹을 뻗었다.

 육합권(六合拳)!

 무림에서 굉장히 유명한 권법이지만 태허 진인의 손에서 펼쳐지는 공격인 만큼 평범하다 할 수 없었다.

 아니, 일반적인 초식들과는 비교를 거부한다.

 자운이 태허 진인의 지근거리에 잡혔다.

 "잡았다!"

태허 진인의 주먹이 자운을 때리는 순간, 자운의 신형이 공기처럼 사라졌다.

부웅—

허공을 가르는 태허 진인의 손, 이형환위에 그대로 당한 것이다.

"어어?"

당황하는 태허 진인의 뒤에서 나타난 자운이 수도를 이용해 그대로 그의 뒤통수를 후려갈겼다.

"케엑!"

태허 진인이 외마디 비명과 함께 앞으로 데굴데굴 굴렀다.

옷이 흙으로 더럽게 변한다.

코의 한쪽에서는 피가 흐르고 나머지 한쪽에서는 콧물이 흘렀다.

"에이씨! 아프잖아! 나도 때려줄 거야."

한 대 통쾌하게 후려갈긴 자운이 히죽거리며 웃었다.

"어서 와봐!"

이번에도 똑같은 수법으로 후려갈겨 줄 참이라 즐겁기까지 하다!

자운의 그런 기쁜 마음을 아는 것인지 모르는 것인지 태허 진인이 그를 향해 빠르게 뛰어왔다.

이전과 같이 빠른 움직임, 자운이 그에 맞춰 뒤로 몸을 뺐다.

"이익!"

주먹을 움직이는 태허 진인!

부웅―

하지만 이번에도 그가 때린 것은 허상이었다. 그의 주먹이 허공을 가르고, 자운이 그의 뒤통수에서 나타났다.

빠악―

"케엑!"

전과 같은 비명과 함께 바닥을 데굴데굴 구른다. 청수 진인이 그 모습을 보며 머리를 짚었다.

뻔히 보이는 수법인데, 태허 진인의 머리가 아이와 같은 탓에 피하지 못하는 것이다.

뒤통수를 문지르던 태허 진인이 자리에서 벌떡 일어났다.

"이익! 나도 때릴 거야."

자운이 두 팔을 벌리며 환영한다는 듯이 웃었다.

"응, 때리렴!"

두 팔을 환하게 벌린 자운을 향해 그가 날아들었다. 그에 무섭게 자운이 보법을 밟고, 이번에도 허상을 때리며 허공을 가르는 태허 진인의 주먹!

태허 진인이 뒤를 돌았다.

"또 뒤통수 때리려고 그러지!"

그가 빙글 하고 돌자 정확하게 자운의 모습이 나타난다.

"헙!"

헛바람 들이켜는 소리와 함께 자운의 신형이 흔들렸다.

"이제 진짜로 잡았어!"

그가 자운을 때리려고 좌수를 움직였다.

퍼엉—

공기가 밀려날 정도로 강력한 일격, 하지만 태허 진인의 손 끝에 걸리는 건 없었다.

"하긴, 원숭이도 같은 수법에는 안 속겠지!"

이형환위를 동시에 두 번이나 펼친 것, 자운이 나타난 곳은 이번에도 태허 진인의 뒤였다.

그가 살짝 수도를 뻗었다.

빠악—

"케엑!"

태허 진인이 또 앞을 굴렀다.

그날 그렇게, 태허 진인은 자운에게 서른여섯 대의 뒤통수를 맞았다.

빠악—

"케에엑!"

그날 이후로, 태허 진인은 자운에게 두 번 다시는 비무를 하자고 하지 않았다.

　물론 태허 진인을 만족할 때까지 후려갈긴 자운의 얼굴에는 하루 종일 웃음이 걸려 있었음은 말할 것도 없었다.

第八章
이, 이건 오해다

황룡난신

"후우."

운기조식을 막 끝낸 우천이 깊은 숨을 토해내었다.

단전 속으로 스며들었던 탁기가 호흡을 통해서 밖으로 빠져나온다.

단번에 몸이 개운해지는 감각이 들며 그가 자리에서 일어났다.

"이런 한가함도 정말 오랜만이군."

마음 놓고 운기조식을 해본 것이 얼마 만이던가.

몇 년을 치열한 전장 속에서 몸을 누비다 돌아와 잠시나마 예전과 같은 생활을 보내니 오히려 어색함이 느껴졌다.

검을 휘두르지 않으면 몸이 불편할 것 같은 감각을 느낀 그가 검을 움켜쥐었다.

황룡문의 대장장이라 할 수 있는 조고가 만든 검이었다.

물론 황룡신검에는 비할 바가 안 되지만 실력이 뛰어난 대장장이인 조고가 만든 검, 일반적인 검들에 비해서는 훨씬 뛰어났다.

우천이 검을 챙겨 연무장으로 나섰다.

해질녘의 연무장에는 사람이 그리 많이 없다. 대부분 훈련을 아침 중에 끝내기 때문이다. 그럼에도 불구하고 무공이라는 것에 푸욱 빠진 인물 몇이 검을 휘두르고 있기는 했다.

우천 역시 그 속에 녹아들어 다른 사람들과 함께 검을 움직였다.

물론 문파의 절초 따위라든지 그런 것을 펼친 것은 아니다. 문파의 절초는 이런 개방된 장소에서 펼치는 것이 아니었다.

흔하디흔한 움직임, 하지만 고수의 반열에 오른 우천이 펼치는 것이다.

평범할 리가 없었다.

팡팡—

공기가 뒤로 터져 나가고, 뻗었던 주먹을 회수함과 동시에 검을 휘둘렀다.

반월 형태로 대기를 잘라내는 예리한 검격, 귓가에 서걱하는 소리가 들려왔다.

집중을 하자 전장의 공기가 물씬 살아난다.

피비린내가 코를 통해 풍겨오기 시작하고, 적들이 일어났다.

그가 적들 사이를 누볐다.

익숙하게 기억 속에 있는 전장, 몇 년을 봐온 전장이었다.

그 전장에서 목숨을 걸고 싸웠던 적들 역시 살아났다.

카가가각—

하지만 우천은 그때의 우천이 아니다. 적들을 이겨내고 더욱 성장했다. 검을 휘두르자 검기의 파도가 일어났다.

단번에 적들을 쓸어버린다.

촤좌좌좌좌좌—

한참을 몸을 움직이던 그가 검을 멈추었다.

연무장에 들어선 지 약 반 시진이 지난 후였다. 호흡은 흐트러져 있다.

전장 속에서는 아무리 오랜 시간 훈련을 한다고 해도 호흡이 흐트러지게 마련이었다. 훈련대로 돌아가지 않는 것이 전장이었다.

비록 심상으로 그려낸 전장이라고는 하지만 무섭도록 흡사했기 때문에 호흡이 흔들리는 것은 마찬가지였다.

우천이 이마에서 흘러내리는 땀을 훔쳐내었다.

"후우. 이제야 좀 몸이 익숙해지는군."

그가 만족스럽게 고개를 끄덕였다.

그 순간 바로 뒤쪽에서 박수 치는 소리가 들려온다.

짝짝짝—

바로 뒤까지 접근할 동안 기척을 전혀 읽어내지 못했다.

아무리 우천이 집중을 해 훈련을 하는 중이었지만, 그래도 상대의 기척을 읽지 못했다는 것은 조금 충격이었다.

'나와 비슷한 수준의 고수.'

최소한 그 정도는 되어야 기척을 놓칠 것이다.

우천이 입술을 씹으며 뒤를 돌아보고는 곧 탄성을 터뜨렸다.

"아!"

상대는 한 번 정도 안면이 있는 자였던 것이다.

"그간 실력이 더 느셨더군요."

그가 먼저 운산을 향해 알은체를 했다.

우천이 그를 향해 가볍게 포권을 취해 보이고, 그 역시 우천을 향해 마주 포권을 취해 보였다.

"제갈 소협이셨군요."

그는 바로 무림의 뛰어난 후기지수로 평가받고 있는 현룡(賢龍) 제갈수였다.

일전에 화산으로 향하며 우천과 비무를 해본 적이 있는 후기지수이기도 했다.

현 후기지수 중 유일하게 우천과 안면이 있는 이라고 해도 될 것이었다.

"오랜만이군요. 우 소협."

제갈수의 말에 우천이 고개를 끄덕였다. 그날의 비무 후로는 한 번도 만난 적이 없으니 몇 년 만에 만나는 것이다.

"그렇군요. 한데 이곳에는 무슨 일로……?"

우천의 물음에 그가 자신의 머리를 손끝으로 가볍게 두드리더니 곧 허리춤에 차고 있는 검을 또 가볍게 두드렸다.

"너무 문서만 들여다보고 있으려니 머리가 아파서 말입니다. 바람이라도 쐴 겸 연무장으로 나왔는데 우 소협이 계셔서 깜짝 놀랐습니다. 우 소협은 이곳에 나온 이유가 무엇입니까?"

제갈수는 제갈세가의 사람답게 군사부에서 일하고 있었다. 비록 아직 후기지수이기는 하지만 그 머리와 재능이 비상하여 어린 나이임에도 불구하고 문상부로 차출된 것이었다.

"하하하. 그렇군요. 저 역시 몸이 좀 뻐근하던 차라 이렇게 나와서 검을 휘두르고 있었습니다."

"그렇군요."

제갈수가 고개를 끄덕이며 허리춤의 검을 움켜잡았다. 두 사람 사이에는 아직 해결해야 하는 문제가 남아 있었다.

일전의 비무 문제, 우천과 제갈수는 둘 다 그 사실을 상기하고 있었기 때문에 서로의 얼굴을 확인하는 순간부터 지금까지 긴장을 풀지 않고 있었다.

우천 역시 검을 움켜쥐었다.

"지금 해결을 보자는 말씀이시군요."

제갈수가 고개를 끄덕였다.

"염치없지만, 이런 기회가 또 몇 번이나 있겠습니까."

"저도 찬성입니다. 그럼 제가 선공하도록 하지요."

우천의 말에 제갈수가 소리쳤다.

"오십시오!"

황룡진기의 강력한 내력이 우천의 몸을 휘감고, 제갈수의 몸에서는 대천성신공의 웅혼한 기운이 휘감기었다.

둘 모두 예전과는 다르다.

당시의 비무에서 둘이 보여준 모습이 뛰어난 후기지수의 모습이었다면, 이제 둘의 몸에서는 어엿한 고수의 기세가 풍겨지고 있었다.

선공은 말한 바 있듯 우천이 시작이었다.

우천의 몸에서 일어난 기세가 바닥을 헤집으며 자욱한 모래먼지를 일으켰다.

"운해황룡입니다."

이제는 운해황룡까지 펼쳐 낼 수 있게 된 것이다.

자욱한 모래먼지 속을 황룡이 노닌다.

제갈수는 당황하지 않았다.

그 대신 기감을 넓게 퍼뜨려 운산의 움직임을 잡아내기 위해 노력한다.

검을 움켜쥔 자세는 항시 천지호연검을 펼쳐 낼 수 있을 듯한 자세다.

우천이 검을 움직였다.

번쩍하는 소리와 함께 자욱하던 운무가 갈라지고, 황룡문의 검법이 쏟아진다.

촤좌좌좍—

그 속을 제갈수의 천지호현검이 얽혀들었다.

단번에 수번의 충돌이 이어지고, 번쩍하는 빛과 함께 우천이 뒤로 물러났다.

제갈수 역시 마찬가지.

"굉장하군요."

제갈수가 순수한 감탄을 토했고, 우천 역시 제갈수에게 감탄했다.

"제갈 소협 역시 만만치 않군요."

"패배는 그날이 처음이라 말입니다. 열심히 갈고 닦았지요."

이, 이건 오해다

비록 서 있는 쪽에 제갈수였다고는 하나 그날 제갈수는 처음으로 패배에 가까운 기억을 경험했다. 우천의 마지막 공격이 적중되었다면 패배하는 쪽은 제갈수가 되었을 것이 분명했기 때문이다.

그 기억은 제갈수에게 있어서는 꽤나 좋은 거름이 되어주었다.

기억을 말미암아 이렇게 고수가 될 수 있었으니 말이다.

'오늘은 승리를 경험할 것이다.'

제갈수가 마음을 다잡았다.

"그날은 제가 패배를 했지요."

우천의 말에 제갈수가 고개를 흔들었다.

"아닙니다. 제가 졌습니다."

당시의 일에 대해서 서로가 패배했다고 주장하는 웃기는 상황이 한동안 오갔다.

그리고 먼저 절충안을 제시한 쪽은 머리 좋은 제갈수였다.

"이렇게 서로 주장을 하다가는 결론이 안 날 것 같군요. 이렇게 하는 것이 어떻습니까?"

"어떻게 말입니까?"

그가 해결책을 말했다.

"무승부로 하고, 오늘 결판을 보는 겁니다."

우천이 그 해결책에 동의를 표하듯 고개를 끄덕였다. 하기

사 과거가 무슨 상관이겠는가, 오늘이 중요한 것을 말이다.

"지지 않겠습니다."

제갈수가 그랬던 것처럼, 우천 역시 마음을 다잡았다.

동시에 그를 향해서 튀어 나간다.

후욱—

공간이 둘로 갈라지며 우천이 단번에 제갈수의 앞으로 쇄도했다.

제갈수의 보법이 변한다.

제갈세가가 자랑하는 보법 중 하나인 일엽락(一葉落).

나뭇가지에서 잎 하나가 떨어져 내리듯 팔랑거리는 힘없는 움직임이었으나 우천은 그의 몸을 잡지 못했다.

일엽락의 움직임이 힘이 없어 보이는 이유는 유(流)가 강조된 보법이기 때문이다. 덕분에 그는 우천의 공격을 부드럽게 피해 낼 수 있었다.

동시에 손을 뻗는다.

"이 장법은 경험해 보셨지요."

소천성심법의 기운을 이용해 사용하는 소천성장(小天星掌).

바람이 우천을 향해 다가왔다. 동시에 우천의 어깨에 제갈수의 손이 닿았다.

"이런!!"

이, 이건 오해다

우천이 황급하게 어깨를 틀었다. 하지만 제갈수의 손이 조금 더 빨랐다.

쾨앙—

우천의 몸이 뒤로 날아간다.

소천성장이라고는 하지만 제갈수의 내력은 그때와는 차원이 다르다

우천의 몸이 뒤로 주르륵 밀려났다.

하지만 우천의 내력 역시 그때와는 차원이 달랐다. 오히려 영약을 먹은 우천의 내력이 제갈수에 비해서는 앞서고 있었다.

웅혼한 내력이 다리를 향해 이동하고, 다리에서 힘이 솟구친다.

단번에 두 다리가 땅에 못 박히듯 밀려나는 움직임이 그 자리에서 멈추었다.

"후우. 큰일 날 뻔했군요."

우천이 장인이 선명하게 남은 어깨를 매만지며 말했다.

어깨를 틀어 이화접목을 운용하는 것이 조금만 늦었어도 어깨가 빠질 뻔했다.

그것은 아직도 저릿거리는 어깨의 통증이 증명해 주었다.

"그 정도에 당한다면 제가 실망했을 겁니다."

제갈수가 씨익 웃으며 말했고, 우천 역시 덩달아 웃었다.

"실망시켜 드릴 생각은 없습니다. 이번에는 제갈 소협이 오시겠습니까?"

선공은 우천이 했으니, 이번에는 제갈수가 하는 것이 이치에 맞는 일이었다.

"그럼 사양하지 않고 가지요."

우천의 눈에 비친 제갈수의 모습이 단번에 커졌다. 보법을 이용해 순식간에 우천의 앞으로 밀고 들어온 것이다.

백학만리신(白鶴萬里身).

하얀 학이 하늘로 날아 올라가는 듯한 보법이 우천의 눈앞에서 펼쳐진다.

두 다리는 날개가 된 것처럼 제갈수의 몸을 우천에게로 밀었다.

우천이 단번에 몸을 뒤로 날린다.

"유운검입니다."

제갈수의 검에서 하얀 빛이 솟구쳤다. 안개와 같기도 하고 구름과 같기도 한 기운이 검을 타고 흐른다.

우천을 둘러싸는 기운, 제갈세가의 검법인 유운검이 우천을 옭아매었다.

그리고는 단번에 우천의 전신을 때린다.

우천이 용린벽을 펼쳤다.

쾅쾅쾅—

용린벽이 연신 흔들리고, 우천이 용린벽의 역린에 모든 힘을 집중시켰다.

그리고 단 한 순간의 틈을 노려!

제갈수의 움직임이 잠깐 멈추는 순간 용린벽에 쌓아두었던 충격을 모조리 해방시켰다.

콰과과과과—

사방이 흔들리고, 제갈수의 몸이 뒤로 주르륵 밀려났다.

입가로 피가 흐른다.

"크으. 생각지도 못한 공격을 받았군요."

하지만 우천이라고 해서 유운검을 모두 방어한 것은 아니었다.

몇 개의 공격이 용린벽을 넘어 들어왔고 온몸에는 크고 작은 상처가 나 있었다.

제갈수는 내상을 입었고 우천은 외상을 입었다.

어느 한쪽이 우세하다고 확답을 하기 어려운 상황에 제갈수가 품속에서 선(扇)을 꺼내 들었다.

우검좌선(右劍左扇).

기세가 변했다.

운산이 침음성을 흘리며 검을 움켜쥔다.

"지금까지와는 조금 다를 겁니다."

제갈수의 말에 운산이 내공을 조금 더 일깨웠다. 또한 다른 손으로 검결지를 형성하며 제갈수의 공격에 대비한다.

제갈세가의 선은 예로부터 바람을 부리기로 유명했다.

그가 선을 움직였다.

하늘의 바람이 선을 통해 뿜어진다.

화악 하고 바람이 우천에게 닿는다 싶은 순간, 우천의 몸을 뒤로 주르륵 밀려나고 있었다.

"크윽!"

우천이 검을 앞세워 바람을 막으며 신음성을 흘렸다.

"천풍선법입니다."

"과연, 제갈세가에는 검과 장 말고도 하나의 무기가 더 있다고 하더니, 선 역시 일절이군요."

"과찬의 말씀."

우천이 검에 내력을 가득 불어 넣어 바람을 갈랐다.

우천을 압박하던 바람이 단번에 길을 연다.

싸아아악—

바람 찢어지는 소리가 귀에 울리고, 우천이 그 사이로 몸을 날렸다.

검을 앞으로 쭈욱 밀어 넣는 단순한 찌르기. 하지만 그 하나에 앞에서 불어오던 바람이 갈라졌다.

제갈수가 그 모습을 보고는 눈에 이채를 띄웠다.

"과연, 대단하군요."

동시에 검을 움직인다.

소천성검법!

촤라라라락—

우천이 검결지로 바람을 헤집으며 공격을 막았다.

공수가 연속해서 전환되고, 우천의 몸과 제갈수의 몸이 한 발짝 밀려났다 돌아오기를 반복했다.

쉴 새 없이 바람이 터져 나갔다.

쾅쾅쾅—

힘이나 내력에서는 우천이 훨씬 우세하다. 또한 기교까지 제갈수에 비해서 부족함이 없었다.

하지만 섬세함과 부드러움은 오히려 제갈수 쪽이 강하다 할 수 있었다.

강과 유의 충돌, 쉽게 결판이 나지 않을 것은 분명했다.

하지만 그들의 생각과는 다르게, 결판은 한순간에 지어졌다.

콰앙—

제갈수와 우천의 몸이 위로 주르륵 밀려나며 바닥을 굴렀다.

연무장의 바닥이 움푹하고 패여 있다.

우천이 입에서 피를 주르륵 흘렸다. 내상을 입은 것이다.

'졌군.'

우천이 이번에는 패배를 예감했다.

"제가 졌군요."

하지만 제갈수에게서 들려온 목소리에 눈을 크게 뜨고는 고개를 들어 그를 바라본다.

제갈수의 입에서 역시 피가 주르륵 흘러나오고 있었다.

둘 모두 내상을 입은 것이다. 이 정도 내상을 입고 움직이라 하면 충분히 할 수 있지만, 지금 이 자리는 상대의 목숨을 앗아가기 위한 생사결이 아니었다.

어디까지나 비무일 뿐,

여기서 더 이상 진도를 나가는 것은 좋지 않다.

우천이 일어나며 제갈수에게 말했다.

"아닙니다. 제가 졌습니다."

말을 하며 옷소매로 피를 훔쳐 그를 향해 보여준다.

자신 역시 내상을 입었음을 보인 것이다.

그 모습을 멀뚱히 바라모던 제갈수가 이번에도 결론을 내었다.

"그럼 이번에도 무승부로 해야겠군요."

우천이 잠시 생각을 하다가 그의 말에 동의를 표했다.

"그러는 편이 좋을 것 같습니다."

"그런데 우리 언제까지 이렇게 존댓말을 해야 합니까?"

"예?"

이, 이건 오해다 173

"옷깃만 스쳐도 인연이라고 하는데. 흠흠. 벌써 비무를 두 번이나 하지 않았습니까. 거기다 우리 나이도 동갑인 거 같은데……."

제갈수가 슬쩍 운을 띄웠다.

옷깃만 스쳐도 인연이라는 소리가 나올 때까지만 해도 이게 무슨 소리인가 하던 우천도 동갑이라는 말이 나오는 순간 그가 하려는 말을 알아들었다.

"친구 먹을까?"

"흠흠흠."

겸연쩍은지 제갈수가 말을 하지 않고 고개만 끄덕인다.

우천이 땀에 흠뻑 젖은 옷소매를 들어 그의 어깨를 두드렸다.

"좋다. 오늘부터 친구하는 거다."

"좋습니다."

친구가 되었음에도 불구하고 말을 올리는 그를 향해 우천이 어깨를 두드리며 말했다.

"네가 먼저 시작을 해놓고 말을 높이면 어쩌자는 거야?"

그 말에 제갈수가 겸연쩍게 머리를 긁었다. 머리가 좋다고 소문난 제갈수에게서 이런 모습을 볼 수 있다니, 새삼 느낌이 달라졌다.

"그런가?"

우천이 고개를 끄덕였다.

"그렇지. 그것보다 저번에 봤던 대사형이랑 사형한테도 인사드리러 가자고."

우천과 제갈수가 비무를 하고 있을 무렵, 운산 역시 꽤나 당혹스러운 시간을 보내고 있었다.

한가롭게 저녁 산보를 마치고 와 문을 열고 보니 웬 여인이 앉아 있는 것이다.

"누구십니까?"

운산이 조심스럽게 그녀를 향해 질문을 했다.

그러자 그녀가 고개를 돌려 운산을 바라본다. 조금은 백치미가 느껴지는 얼굴, 제갈세가의 금지옥엽이자 우천과 비무 중인 제갈수의 동생 제갈수련이었다.

"제갈 소저!"

운산이 놀란 듯 눈을 크게 치켜뜨며 그녀를 바라보았다. 그녀와는 일전에 있었던 일 이후로는 전혀 만남이 없었는데 갑작스럽게 찾아오니 놀란 것이다.

운산이 방 안으로 들어서며 그녀를 향해 물었다.

"제갈 소저께서 이곳에는 무슨 일로 오신 겁니까?"

그러자 그녀가 표정 하나 변하지 않고 말한다.

"그냥. 차가 마시고 싶어서."

"예?"

그녀의 말에 운산이 당황했다. 차가 마시고 싶으면 자신의 방에서 마셔도 좋을 것을 왜 이곳에 와서 마신다는 말인가.

운산이 당황한 표정으로 그 자리에 서 있자 그녀가 운산을 독촉했다.

"차 줘. 내가 할까?"

"예? 아, 예. 제가 드리겠습니다."

운산이 능숙하게 차를 데웠다. 방 안에 있는 작은 화로를 이용해 차를 덥히자 금방 차가 따뜻해진다.

무슨 차인지는 알 수 없었지만 무림맹에서 구비해 놓은 차이니 꽤나 귀한 차임이 분명했다.

"차향이 참 좋네요."

운산이 어색한 분위기를 풀어보고자 차 맛을 칭찬했다. 사실 향이 좋았지 차 맛에 대해서 운산은 문외한이나 다름없었다.

그 차가 그 차 같고 조금 떨떠름한 맛이 느껴지는 것이 전부였던 것이다.

"고교은봉(高橋銀峰)."

그녀의 입에서 차의 이름이 흘러나왔다.

"예?"

갑작스러운 그녀의 말에 운산이 반문하고, 그의 반문을 들은 것인지 만 것인지 상관도 하지 않은 채로 그녀가 차에 대한 설명을 주르륵 늘어놓았다.

"강남에서 나는 차야. 양자강 중 하류에서 나고."

자기 할 말만 하고는 다시 입을 닫아버리는 그녀, 운산이 이 난감한 분위기를 어찌 해결해야 할까 고민했다.

'설 선배 같잖아.'

제갈수련을 보고 있으면 생각난다. 북해빙궁의 소궁주이자 동시에 지금은 천산설곡의 주인이 된 사람.

자운의 친우라 하던 설혜와 매우 비슷했다.

조금은 차갑고 무감각하며 음성에 고조 역시 없었다

무엇보다 비슷한 점은 백치미와 함께 얼굴에서 전혀 감정이 드러나지 않는다는 점이었다.

"대게 먹고 싶다."

'거기다 뜬금없어.'

운산이 머리를 절레절레 흔들었다.

이곳은 내륙 중에서 내륙이다. 대게를 운송해 오는 족족 대부분이 상해 버리니 구하기도 힘들었다.

아니, 그런 것보다도 갑자기 대게가 먹고 싶다니, 어쩌란 말인가.

운산이 한참 고민을 하고 있을 무렵이었다.

그의 방문이 덜컹 하며 열렸다.

그리고는 웬 여아가 뛰어 들어온다.

"가가!"

"커헉!"

운산이 뒤로 벌렁 넘어지며 입에 담고 있던 차를 뿜어내었다.

익숙한 목소리, 또한 자신을 가가라 부를 사람이 하나밖에는 없었던 것이다.

독왕의 손녀이자 자운이 마음대로 정해 버린 그의 약혼녀, 당소미!

운산이 엉덩이를 찧자 당소미가 다가왔다.

운산을 부축하며 그녀가 말한다.

"가가 아파? 내가 호 해줄까?"

운산이 절대로 거부한다는 듯 열심히 손을 흔들었다.

"아, 아니, 안 해줘도 돼."

그건 이쪽에서 절대로 사양하고 싶다.

"응? 호 해주고 싶은데?"

하지만 당소미 쪽에서는 절대로 호를 해주고 싶은 모양이었다.

당소미가 엉덩이를 까고 호를 할까 두려웠던 운산이 벌떡 일어나 자리에 앉았다.

"아니. 괜찮아."

운산이 두 손을 흔들며 난색을 표했다.

그러자 당소미가 어린아이답지 않은 앙큼한 표정을 지어 보이며 말한다.

"칫. 아까워. 가가."

뭐가 아깝다는 건지. 애를 도대체 어떻게 교육을 한 건지 할 수만 있다면 운산은 독왕의 수염을 뽑아버리고 싶었다.

'실력이 없는 게 죄지.'

운산이 그렇게 한탄을 하고 있을 때였다.

당소미가 제갈수련을 바라보더니 또 운산을 경악하게 하는 말을 던져 놓았다.

"근데 지금 뭐하는 거야? 이거 불륜이야?"

운산이 탁하고 머리를 짚었다.

도대체, 무슨 교육을 한 거란 말인가아!

"아니, 불륜이라니. 소미 너 그런 말은 어디서 배웠어."

"응? 할아버지한테. 이봐, 언니. 우리 가가가 너무 매력적이라 좋아하는 건 좋은데, 내가 정부야."

그러면서 운산의 왼쪽 다리 위에 폴짝 앉는다.

운산이 당소미의 머리를 쓰다듬었다.

하지만 정작 하고 싶은 말은 따로 있었다.

"제갈 소저는 나랑 아무런 관계도 없어. 그렇지 않습니까, 제갈 소저?"

제갈수련이 운산을 멀뚱히 바라본다.

그 시선에 불안함을 느낀 운산이 움찔했다. 하지만 이미 한쪽 다리 위에는 당소미가 올라와 있어 움직일 수가 없다.

운산을 향해 제갈수련이 천천히 다가왔다.

"뭐, 뭡니까?"

무표정한 얼굴로 제갈수련이 다가오자 당황한 듯 말을 더듬는 운산, 그가 당황을 하든 말든 제갈수련은 운산을 향해 더욱 가까이 다가왔다.

그리고는!

운산의 다른 한쪽 다리 위에 턱하니 앉아버린다.

외간 여자가, 그것도 제갈세가의 여식이 운산의 다리 위에 앉은 것이다.

갑작스러운 그녀의 행동에 운산의 얼굴이 귀까지 빨갛게 변했다.

당소미는 볼 가득히 바람을 넣어 부풀리며 불만 가득한 눈으로 운산과 제갈수련을 번갈아 바라본다.

제갈수련 역시 지지 않겠다는 듯 무감각한 눈으로 당소미의 눈을 피하지 않고 마주보았다.

한동안 눈싸움이 이어졌다.

눈싸움이 멈춰지게 한 것은 바로 우천. 우천이 운산을 부르며 문을 활짝 연다.

"사형!"

물론 그의 옆에는 제갈수가 함께였다.

기묘한 자세로 앉아 있는 셋을 바라본 우천이 고개를 돌렸다.

"죄송합니다. 하던 일 하세요."

운산이 말을 더듬으며 말했다.

"이, 이건 오해다."

하지만 이미 고개를 돌린 우천은 말이 없고, 제갈수가 운산을 빤히 보더니 마지막 한마디를 남기고는 문을 닫았다.

"절륜하시군요."

탁하고 문이 닫히려는 찰나, 우천의 목소리가 문이 닫히기 전의 틈을 비집고 들어왔다.

"먼저 대사형부터 만나죠."

그후에, 우천의 절규가 울려 퍼졌다.

"이, 이건 오해다!!!"

취록이 머리를 다듬었다.

자운을 만나러 가는 길이니 그 정도의 몸치장은 신경 쓸 수 있었다.

왠지 모르게 그와 만나기 전에는 몸치장에 신경을 써야 할 것 같았다.

좋은 향이 나는 향낭을 품속에 품었고, 매력적인 몸매가 돋보이는 옷을 입었다.

 물론 가슴팍에 잘 씻어 말린 솜을 쑤셔 넣는 것을 잊지 않았다.

 그러자 그녀의 몸매가 한껏 아름다워 보인다.

 동경을 통해서 자신의 모습을 확인한 취록이 만족스럽게 고개를 끄덕였다.

 '역시 난 아직 죽지 않았어.'

 스스로의 매력을 실감하면 자신감이 차오른다.

 '딱히 그자를 만나러 간다고 신경 쓰는 건 아니야. 흠흠. 나가면 다른 사람들의 시선도 보이니까.'

 이유 역시 그럴듯하게 했지만, 사실을 말하면 자운을 만나러 가기 위해 치장을 한 것이 맞았다.

 그렇게 치장을 하고는 자운의 방을 찾았다.

 '뭐야.'

 잔뜩 기대를 했건만, 자운의 방에는 자신 이외에도 또 다른 여자가 있었다.

 정보를 운용하던 위치에 있었던 만큼 그녀의 얼굴을 모르려야 모를 수가 없었다.

 보는 순간 그녀의 정체를 알 수 있었다.

 '천산설곡주 설혜.'

천산설곡은 무림맹이 창설된 이후에 천산에서 내려와 적성과의 싸움에 많은 힘이 된 조직이었다.

그 수는 굉장히 적었지만, 누구 하나 고수가 아닌 인물이 없었기 때문에 감히 누구도 천산설곡을 경시하지 못했다.

그중 단연 으뜸은 그 가운데 서 있는 곡주 설혜.

젊어 보이는 외모와는 다르게 절대의 경지에 오른 무력을 뿜낸다.

그녀의 검이 스쳐 지나간 자리에는 얼음 조각만이 남는다고 할 정도로 그녀의 무공은 고강했다.

무림맹에 호박이 넝쿨째 들어온 것이나 마찬가지였다.

그런 여자가 자운의 방에 있는 것이다.

'그러고 보면 난신과 곡주는 친구라고 했었지.'

왠지 모르게 입이 쓰다.

단순한 친구 관계일까 하는 생각도 들었다.

자운이 자신의 방으로 들어온 취록을 보며 씨익 하고 웃었다.

"왔어?"

그녀가 고개를 끄덕인다.

"예."

"할 말이 있어서 불렀는데, 여기 와서 좀 앉아."

자운이 한쪽 의자를 주욱 하고 빼주었고 취록이 그 자리에 앉았다.

자리에 앉는 취록을 설혜가 무감각한 눈으로 바라보고 있었다.

자운이 취록을 뒤로하고는 설혜를 바라보았다.

"잠깐만, 먼저 하던 이야기가 있어서 끝내고 하자고."

그리고는 설혜와 하던 말을 이어나간다.

"그러니까 무상부를 도와 줄 거야, 말 거야?"

무상부라는 말이 자운의 입에서 흘러나왔다.

아무래도 자운이 무림맹의 무상을 맡게 되었다는 말이 진짜인 듯했다.

"무상부. 도움 필요해?"

설혜가 자운을 향해 반문한다. 자운의 존재만 하더라도 무상부는 이미 엄청난 힘을 가지고 있다고 봐야 한다.

그런데도 불구하고 자운은 설혜라는 힘을 또 끌어들이려는 것이다.

"상대는 구파일방과 오대세가지. 우리가 중심적인 균형을 맞춰야 한다지만 우리도 매여 있는 문파가 있잖아?"

자운이 눈앞의 빈 찻잔을 한 번 빙글 하고 돌리더니 계속해서 말을 이어나갔다.

"구파일방과 오대세가를 견제하면서 우리도 우리 문파를 키워야지. 안 그래? 그렇게 놓고 보면 손을 잡기는 규모적인

면에서 비슷한 설곡과 황룡문이 딱일 거 같고."

사실 자운은 설곡 이야기만 하면 속이 쓰렸다.

누구는 문파 재건을 위해서 발바닥에 땀나도록 뛰어다녔는데, 누구는 기관장치 한 번 통과하더니 멀쩡한 문파를 날로 먹어버렸다.

조금 속이 쓰리긴 하지만, 황룡문의 앞날을 위해서 설곡과 손을 잡는 것이 필요했다.

"음. 손 잡으면. 뭐해줄 거야?"

취록이 설혜와 자운의 대화를 듣다가 미간을 찌푸렸다.

이 설혜라는 여인, 말하는 것이 조금 특이했다.

일정 부분을 조금씩 조금씩 끊어서 말한다.

마치 '지금 밥 먹어' 라는 문장을 '먹어 지금 밥' 이라고 말하는 듯한 느낌이 들었다.

'특이하네.'

새로운 정보를 하나 얻었다. 하지만 그보다 더 큰 정보는 황룡문과 설곡이 무상부에서 손을 잡으려 한다는 것이었다.

"야. 너무하는 거 아니야? 예전부터 황룡문이랑 북해빙궁은 협력 관계였잖아. 이번에도 협력을 좀 해주라는 건데. 뭐 해줄까? 좋은 데서 술이라도 사줄까?"

자운이 히죽하고 웃으며 농을 던졌다. 술 한잔 사주는 것 정도로 협력 관계가 될 것이라고는 생각하지 않았다.

이, 이건 오해다

농담으로 던진 말이었는데, 설혜가 고개를 끄덕였다.

"사줘. 술. 좋은 데서."

"응? 뭐라고?"

전혀 생각지도 않은 답이 나오자 자운이 귀를 한 번 후비적하고 파더니 다시 물었다.

"술 사줘."

자운의 얼굴이 딱딱하게 굳었다. 농으로 던졌는데, 정말로 그걸 물어버리다니.

'이 농담을 기밀문서 급으로 받아먹는 녀석.'

하지만 이걸로 되었다. 술 한잔 사주고 설곡의 도움을 받을 수 있다면 그것으로 좋을 것이 아닌가.

자운이 고개를 끄덕이며 그녀의 제안을 수락했다.

"좋아. 사줄게."

"사줘. 좋은 곳."

말을 하는 그녀의 눈이 처음으로 기이한 열망으로 가득 차 있었다.

'얘 눈이 왜 이래?'

의문이 들었지만 이번에도 고개를 끄덕였다.

"좋아. 좋은 곳에서 거하게 사지. 그리고 취록."

자운이 설혜와의 대화를 마친 후에 취록을 바라보았다.

"사실 너도 해줬으면 하는 일이 있어서 부른 거야."

"해줬으면 하는 일이요?"

자운이 고개를 끄덕였다.

"저번에 그 비선망, 아직 운용이 되지?"

취록이 고개를 끄덕인다. 비록 하오문의 루주 자리에서는 내려왔지만 충분히 독자적인 비선망은 움직일 수 있었다.

그녀가 고개를 끄덕이자 자운이 만족스럽게 미소를 지었다.

"좋아. 너 그걸로 무상부의 정보를 관리해 줬으면 하는데?"

"무상부의 정보 말인가요?"

자운이 빙긋하고 웃었다.

"어, 왜? 설마 너도 뭐 원하는 거 있어? 너도 얘처럼 술 한 잔 사주면 되는 거야?"

취록이 눈 가득 열기를 담고 고개를 끄덕였다.

"예! 사주세요. 저도 술 사주세요!"

두 여인의 기이한 열망이 가득 담긴 눈길이 자운을 향해 쏟아지고, 그때문인지 방 전체가 괴상한 열기로 가득 차올랐다.

'얘도 농담을 기밀문서로 받아먹네?'

자운이 피식하고 웃었다.

그리고는 이번에도 역시 승낙을 했다.

"좋아. 사줄……."

그 순간!

문이 벌컥 하고 열리며 우천과 제갈수가 들어왔다.

기이한 열기로 가득 차오른 방, 한껏 꾸미고 있는 취록, 그에 만만치 않게 꾸미고 있는 설혜.

무언가 이상함을 감지한 우천과 제갈수가 서로의 눈을 마주보았다.

그리고 서로 동시에 고개를 끄덕인다.

"어, 하던 일 계속하세요. 죄송합니다. 대사형."

제갈수 역시 한 마디를 남기고 문을 닫았다.

"절륜하시네요."

자운이 재들이 왜 저러냐 하는 눈으로 둘을 바라보다가 취록과 설혜의 눈에 담긴 기이한 열기를 읽어내었다.

그리고는 그들이 하고 나간 말을 다시 생각했다.

"아니야! 이 미친놈들아!"

자운의 목소리가 귀빈각 전체에 쩌렁쩌렁하게 울렸다.

第九章 주안술 덕분이… 케엑!!

황룡난신

 무상부가 만들어지는 것은 황룡문의 제자들이 모두 무림맹으로 모이면 하기로 했다.
 그들을 이용해 무상부를 만들 생각이었던 것이다.
 다시 말하면 자운은 그때까지 무직, 일 없이 놀아도 된다는 소리였다.
 하루 종일 귀빈각에만 들어 있는 것이 답답했던 자운이 귀빈각 밖으로 천천히 걸어 나왔다.
 그가 무림맹을 한 차례씩 돌아보기 시작한다.
 자운의 신분으로 무림맹에서 가지 못할 곳은 거의 없다고 봐야 했다.

아직 정식으로 무상부가 개설된 것은 아니라고는 하지만 그는 이미 무림맹의 무상으로 내정된 존재다.

발걸음 닿는 곳은 모두 들어갈 수 있었으며 구경할 수 있었다.

"거참 건물 한번 크게 지었네."

자운이 구석에 있는 건물을 보며 감탄했다.

경공을 이용한다면 한 번에 무림맹 전체를 돌아볼 수도 있겠지만, 그것은 자운이 바라는 바가 아니었다.

천천히 시간 죽이는 데 무림맹을 산보하는 것만 한 일이 없었던 것이다.

한참을 그렇게 산보를 반복하던 자운의 코에 짜릿한 감각이 잡혔다.

"킁킁."

자운이 코를 벌름거리며 냄새를 맡았다. 시큰하면서도 알딸딸한 것이 술 냄새가 분명하다.

"어디서 술 냄새가 나는 거지?"

자운이 입맛을 다시며 씨익 하고 웃었다.

지금 자운이 산보하고 있는 곳은 무림맹 내부에서도 굉장히 외진 곳이었다. 사람들의 발길이 잘 닿지 않는 곳이었는데 누군가가 술판이라도 벌이는 모양이었다.

자운이 코를 킁킁거리며 술 냄새를 찾았다.

곧 자운이 눈을 크게 치켜뜨며 소리를 질렀다.

"심봤다!"

누군가가 술판을 벌이고 있던 것이 아니었다. 술을 몇 단지 꺼내 놓은 것이다.

자운이 입맛을 다셨다.

"어디 맛 좀 볼까?"

꽤나 고급스러운 술이 분명했다. 향부터 범상치 않은데 목으로 넘어가는 느낌이 매끄럽기 그지없다.

뜨거운 느낌이 화끈하게 올라오고, 술기운이 단번에 머리로 솟구쳤다.

싸구려 술은 이런 감각을 느끼게 해주지 못한다.

자운이 내력을 이용해 머리로 솟구치는 술기운을 밀어내고는 다시 술독을 바라보았다.

"많으니까 한 잔만 더 해도 되겠지?"

그렇게 한 잔이 두 잔이 되고, 두 잔이 세 잔이 되었다.

그리고 세잔은 결국 한 독이 되고 말았다.

자운의 옆으로 비어버린 술독이 굴렀다.

자운이 만족스럽게 배를 두드렸다. 맛만 본다는 것이 술맛이 너무 좋아서 한 독을 다 마셔 버리고 말았던 것이다.

일을 벌였으니 당연히 걱정이 되었다.

"너무 많이 마셨나?"

술독의 주인이 누구인지는 모르겠지만, 미안한 생각이 들었다.

술독이 많기는 했지만, 자운이 마신 것이 무려 한 독이었으니 걱정이 되지 않을 리가 없었다.

자운이 걱정 담긴 푸념을 뱉었다.

"너무 배가 불러서 저녁을 못 먹겠네."

운산과 우천이 들었으면 당장에 머리를 짚었을 것이다.

걱정해야 하는 주제가 달라도 너무 달랐다.

확실히 자운의 머리는 범인으로서는 이해하기 어려웠다.

그의 머리를 이해하기 위해서는 적당히 미쳐야 할 것이 분명하다.

그렇게 자운이 배를 두드리는 동안, 강력한 주전(酒箭)이 자운을 향해 쏘아졌다.

"이 술 도둑놈아!!"

"응?"

자운이 자리에서 펄쩍 뛰었다. 주전에 담긴 힘이 만만치 않았던 것이다.

자운의 신형이 그 자리에서 스르륵 사라졌다.

곧 이어 자운이 서 있던 자리에 떨어져 내린 것은 큰 소 한 마리였다.

새하얗고 윤기가 좌르르 흐르는 털을 가지고 있는 소, 그 위에는 곰방대를 물고 한 손으로는 거대한 술독을 들고 있는 여인이 타고 있었다.

나이는 사십대 정도, 주전은 그녀의 입에서 뿜어진 것이 분명했다.

여인은 자운처럼 술에 적당히 취한 듯 얼굴이 붉게 변해 있었다.

"이놈이 감히 내 술을 훔쳐 먹다니!"

자운이 소리쳤다.

"물론 내가 술을 훔쳐 먹기는 했다만, 술을 훔쳐 먹은 게 그렇게 죄냐!"

잘못을 저질러 놓고도 당당하기 그지없다.

그 당당함에 죄를 치도곤 하던 여인이 말을 멈추었을 정도다.

하지만 곧 여인이 화를 내며 곰방대를 휘둘렀다.

"이거 미친놈이구나!"

곰방대에서 연초향이 화악 하고 밀려온다. 자운이 곰방대의 일격을 훌쩍 뛰어 피했다.

"젊어 보이는 녀석이 한 수 재간이 있었던 모양이구나! 가자, 누렁아!"

음머—

자운이 소리쳤다.

"그거 흰 소야!"

"닥쳐! 가자, 누렁아!"

흰 소, 누렁이가 발을 움직였다. 단번에 자운을 향해서 쏘아진다.

"헐!"

자운이 연달아 퇴법을 밟았다.

누렁이라 불리는 소의 속도가 어지간한 고수들 못지않았던 탓이다.

아무래도 영물쯤 되는 모양이었다.

"이놈 어딜 도망가는 거냐!"

여인이 소리쳤다.

사실 여인은 주선이었다. 당금 무림을 대표하는 절대고수 중의 한 명으로서 술을 마시는 것을 낙으로 알고 술을 이용해 무공을 펼치는 기괴한 절대고수.

거기다 충격적인 것은 주선이 여인이라는 점이다.

일반적으로 주선(酒仙)이라고 한다면 남자를 생각하기 쉽다.

하지만 어지간한 남자들보다 술을 좋아하고 평소에도 물 대신 술을 마신 그녀가 결국 주선이라는 별호를 가지고 갔다.

전국의 많은 술꾼들이 그녀가 주선의 별호를 가져간 것에 대해서 한탄하고 불만을 토했고, 주선은 친히 그들을 모조리 찾아가 술로서 꺾었다고 한다.

 그 일화만 놓고 보아도 주선의 주량이 얼마나 강한지 알 수 있는 부분이었다.

 하지만 그녀의 주량보다 더욱 무서운 것은 바로 무공이다.

 술을 이용해 펼치는 기괴한 무공은 여타의 고수들에게 절대로 뒤지지 않았고 그녀를 절대고수의 반열에까지 올린 것이다.

 "도망가지 말고 거기 서라!"

 소가 허공답보까지 썼다. 자운으로서는 그야말로 기가 막힌 순간이 아닐 수 없었다.

 '나도 저런 거 하나 잡아서 타고 다닐까? 뺏을까?'

 그런 욕심까지 생겼다.

 하지만 지금 문제는 저 소보다 그 위에서 주전을 날리는 여인이었다.

 '제압부터 해야겠지.'

 스르릉―

 자운의 허리춤에서 황룡신검이 뽑혀 나왔다.

 "내가 바로 네 술독 한 항아리를 훔쳐 먹었다아!"

 당당하게 소리치는 자운의 신형이 단번에 주선을 향해서 튀어 나간다.

퍼버버벙—

발에 닿는 공기가 족족 터져 나갔다.

"이놈! 자랑이냐!!"

자운이 고개를 끄덕이며 술을 휘둘렀다.

"내 배에 술이 한 독이나 들어가는데 그게 자랑이지 아니겠냐!"

쾅—

주전과 자운의 검이 폭발했다.

허공중에 날아든 주전이 연달아 자운의 검으로 딸려 들어간다.

회오리 같은 검기가 자운의 검에서 뿜어졌다.

파바바바바밧—

주전이 모조리 허공중에서 싹둑 하고 잘려 나갔다.

"이놈이, 술을 마셨으면 잘 마셨다고 해야 할 거 아니냐!"

주선이 이번에는 바가지 통째로 술을 날렸다.

주전이라기보다는 술로써 펼쳐 내는 검기에 가까웠다.

반달 형태의 날카로운 술이 그대로 자운을 향해서 날아들었다.

이런 무공은 들은 적도 본 적도 없었던 자운이 감탄을 토했다.

"신기하구나! 근데 잘 먹었다고 하면 용서해 줄 거냐!"

자운의 검에서도 반달형의 검기가 마주 솟구쳤다.

쾅쾅—

술과 검기가 충돌했다면 백에 구십구는 검기의 승리를 예상할 것이 분명했다.

나머지 하나는 미쳤거나 주선이 싸우는 것을 봤거나, 둘 중 하나일 것이 분명했다.

놀랍게도 검기와 술이 허공에서 동시에 사라졌다.

주선의 내력이 담겨 있는 술이었던 만큼 만만치 않았던 것이다.

자운의 말에 주선이 즉각 대답했다.

"미쳤냐, 용서해 주게! 이리 와! 좀 맞으면 용서해 주마!"

자운의 나이 올해로 이백서른이 넘었다. 그런데 누가 누굴 때린다고?

나이로 놓고 보자면 자운이 절대로 그녀에게 혼날 나이는 아니지 않은가.

자운이 버럭 하고 소리쳤다.

"미쳤냐! 내가 그리로 가게!"

자운이 검을 움직인다.

쏘아내는 것은 황룡검탄!

우우우—

콰우우우—

두 마리에 이르는 황룡이 동시에 주선을 향해 날아갔다.

주선과 함께 술을 마시러 오기는 했는데 조금 늦게 도착한 괴걸왕이 아래쪽에서 뜨헐 하는 표정으로 자운과 괴걸왕을 바라보고 있었다.

그리고는 아래쪽에 비어버린 술병을 바라보고는 고개를 절레절레 흔들었다.

저건 아무리 괴걸왕이라고 할지라도 말릴 수 없다.

주선에게 있어서 술은 보물이었다.

그런 걸 말도 없이 한 독이나 마셔 버렸으니, 자운이 질 거라는 생각은 들지 않았지만 주선에게 최소한 세 대는 맞아줘야 할 것이 분명했다.

"이거나 먹어라! 푸웁!"

주선이 그대로 입에서 술을 뿌렸다.

화살 같은 술이 자운을 향해 단번에 날아든다.

몇 개는 그대로 황룡검탄을 꿰뚫었다.

술의 화살에 맞은 황룡검탄이 그 자리에서 사라졌다.

주선의 무학은 검기나 검강으로 대변되는 일반적인 무학과는 분명히 다르다.

술을 이용해 펼치는 무학이라니!

자운이 두 다리 가득히 내력을 모았다.

그리고 주전을 발로 밟았다.

파앗—

허공으로 솟구치는 자운의 몸, 하지만 주선은 자운의 움직임을 놓치지 않았다.

허공으로 쏘아내는 술줄기!

자운이 대뜸 욕을 했다.

"씨앙!"

자신의 얼굴을 향해 근접한 술을 확인했던 것이다.

그가 허리를 비틀었다.

부웅 하고 허리가 돌았다.

주전이 아슬아슬하게 옷깃을 스치고 지나간다.

"잘생긴 얼굴에 홈 잡힐 뻔했네!"

자운이 버럭 하고 소리치며 염룡교를 펼쳤다.

극성에 이른 염룡교가 펼쳐지자 자운의 손에서 화룡이 뿜어진다.

콰우우—

화끈한 바람이 주선의 얼굴을 향해 불어 닥쳤다.

"지랄! 내가 만든 술을 처먹었으면 그 정도 대가는 치를 생각을 해야지!"

주선이 소리치며 곰방대를 움직였다.

곰방대에서 갑자기 불이 화악 하고 일어나더니 염룡교를 그대로 끌어당긴다.

두 불의 충돌!

쾅—

사방으로 불똥이 튀었다.

괴걸왕이 발 빠르게 움직였다.

"뿌헐헐. 아뜨뜨뜨뜨거!"

그대로 있다가는 몸이 익어버릴 판이었던 것이다.

자운의 몸이 허공에서 뚝 하고 떨어져 내렸다.

"이놈아. 왜 내 술을 한 독이나 마신 거냐!"

주선이 자운을 향해 버럭 하고 소리친다.

그 소리에도 내력이 담겨 있는 것이 정말 적당히는 끝나지 않을 생각인 듯했다. 화가 단단히 난 모양이었다.

하지만 그런 걸 개코로도 신경 쓰지 않는 자운이 당당하게 소리쳤다.

"맛있으니까!"

괴걸왕이 속으로 자운을 미친놈이라 욕했다.

'미친놈이야. 흘흘흘. 저건 정말 미친놈이야.'

그리고는 주선의 반응을 살폈다.

아마도 화가 나서 씩씩거릴 것이라 생각했다. 하지만 주선의 행동은 그의 예상을 벗어났다.

지금까지 주선이 단 한 번도 보여주지 않은 모습이었다. 여염집 규수 같이 얼굴을 붉히며 자운을 바라보고 있는 것이 아닌가.

"저, 정말로 술이 맛있었어?"

자운이 엄지손가락을 추켜세우며 고개를 끄덕였다.

"술맛 죽여주던데!"

"그, 그렇지?"

동의를 구하듯 주선이 다시 물었다.

"그럼!"

자운이 고개를 끄덕였다. 천하 십대 명주라고 해도 주선이 만든 술을 따라가지는 못할 것이 분명했다.

주선의 몸을 휘감고 있던 전투적인 기세들이 모조리 사라졌다.

괴걸왕이 멍한 표정으로 지금의 상황을 살폈다.

'얼레, 도대체 이게 무슨 상황이래?'

술을 칭찬하니 태도가 바로 바뀐다. 거기다 선머슴 같기로 유명했던 주선이 저런 여염집 규수 같은 느낌을 보이다니!

거기다 자운과 주저앉아서 술판까지 벌인다!!

"이 술도 맛있지 않아?"

자운이 고개를 끄덕이며 감탄했다.

"오, 이건 이거대로 좋은데? 최고다!"

"그렇지? 이것도 먹어봐!"

한참 술을 마시던 주선과 자운이 구석에 있는 괴걸왕을 발견했다.

그들이 각자 손을 까딱까딱한다.

"이리 와서 너도 마셔!"

주선이 괴걸왕을 불렀다. 괴걸왕은 이 상황이 이해가 안 된다는 표정으로 고개를 끄덕이며 술판에 참여했다.

그리고 말도 되지 않는 상황으로 치달았던 사태가 술판으로 끝을 맺었다.

자운이 술을 마시던 와중에 그녀에게 물었다.

"다른 사람들보다 굉장히 젊어 보이는데……?"

주선의 외모 때문에 말을 높여야 하는지 낮춰야 하는지 알 수 없었기 때문에 그가 말꼬리를 흐렸다.

주선이 웃으며 답한다.

"호호호. 이건 타고난 동……."

괴걸왕이 술 한 잔을 쭈욱 들이킨 후에 그녀의 말을 잘라먹었다.

"헐헐헐. 주안술 덕분이… 케엑!!"

주선의 주먹에 맞은 괴걸왕이 구석으로 날아가 처박혔다.

자운이 그를 보며 중얼거린다.

"병신."

괴걸왕이 소리쳤다.
'뭐? 이 미친놈아?!'
물론 속으로만.

第十章 꼭 훈련을 이렇게 해야 하나?

황룡난신

 남궁인은 약속했던 대로 황룡문의 모든 제자들을 소집해 주었다. 반가운 얼굴들이 보였다.
 운산과 우천은 그 전부터 만났다고는 하지만, 다른 황룡문의 제자들을 보는 것은 정말로 오랜만이었다.
 그중에는 태원삼객도 있었다.
 자운이 그들을 보며 환하게 웃었다.
 "다들 잘 살아 있었구나."
 이렇게 살아 있어줘서 고맙다. 혹시라도 죽었으면 지옥까지 쫓아가서 염라대왕을 집어 던져 버리고 잡아올 생각이었다.
 자운이 그들을 보며 씨익 웃었다.
 그들 역시 자운을 보며 마주 미소했다.
 자운이 웃으며 그들의 기도를 읽어 내린다. 못 본 사이에 기도가 얼마나 변했는지 확인해 보려고 하는 것이다.
 휘리릭—
 자운의 기세가 풀려 나오며 그들을 옭아매었다.
 아직까지는 견딘다. 전장에서 살아남으며 조금은 강해진 모양이었다.
 '호오. 제법인데?'
 조금 더 기세를 강하게 끌어 올렸다. 쉰 정도 되는 인원 중 둘 정도가 쓰러졌다.
 그렇다고는 해도 이 정도의 기세를 견뎌낼 것이라고는 생각도 못했다.
 못해도 열 명 정도는 쓰러질 것이라 생각했는데 고작 둘이라니, 자운이 웃었다.
 "제법이군."
 태원삼객이 기세를 버텨내며 웃었다.
 "이 정도에 쓰러지면 전장에서 지금까지 쉽게 살아남지 못했을 겁니다."
 그 말에 자운이 웃었다.

"그래. 그럼 어디까지 버티나 해보자고."

자운이 또 기세를 끌어 올렸다.

화악—

이전에 비해서 족히 두 배는 강해진 기세가 사방을 휩쓸었다.

그 기세가 황룡문의 제자들을 눌렀다.

그들이 이를 악물었다.

열다섯에 달하는 이들이 털썩 하고 그 자리에 쓰러졌다.

입에 게거품을 물고 기절을 한 것이다.

자운이 그들에게서는 기세를 거두어들이고 다른 이들을 바라보았다.

태원삼객이 그나마 제일 수월하게 버텨내고 있었고, 나머지는 모두 이를 악물고 버티고 있었다.

여기서 기세를 한 번 정도 더 끌어 올린다면 태원삼객 정도만이 버티고 나머지는 모두 쓰러질 것이 분명했다.

'이쯤에서 그만둬야겠군.'

"생각보다 잘 버티네."

자운이 말을 마치며 기운을 다시 단전 속으로 갈무리했다.

웅혼한 기세가 단번에 사라진다.

"만족하셨습니까?"

태원삼객의 물음에 자운이 씨익 하고 웃었다. 어딘가 사악해 보이고 골려주고 싶다는 마음이 보이는 듯한 웃음에 그들의 몸에 소름이 쫘악 하고 돋는다.

자운이 고개를 절레절레 흔들었다.

"아니, 이 정도로는 안 되지. 너네는 무림맹 무상부의 사람들이 되어야 하니까."

자운이 씨익 하고 웃으며 한마디 덧붙였다.

"당분간 빡세게 굴러보자고."

그 미소가 그렇게 사악하게 보일 수가 없었다.

* * *

"헉. 헉. 헉."

장석지가 턱 끝에 닿은 숨을 억지로 쉬었다.

지금 몸의 내공이 모두 봉해진 상황이었다. 그런 상태에서 자운은 정말 미쳤다고 생각할 수밖에 없는 훈련을 시켰다.

작은 돌을 손에 들려준 후, 산을 오르며 힘껏 던지라고 했다. 그리고 던진 것을 뛰어 올라가 받으라는 것이다.

내공을 봉하고 던졌기에 돌은 십여 장 정도를 날아가는 것이 고작이었지만 이 십여 장을 내공을 봉한 몸으로 쫓아가서 잡는 것은 힘들었다.

돌이 떨어지는 시간이 너무 짧았던 것이다.

뿐만 아니라 산을 뛰어 오르는 훈련이다. 쉬울 리가 없었다.

온몸의 근육이 끊어질 듯 비명을 질렀다.

"이, 이걸 정말로 해야 하는 겁니까?"

운산 역시 헉헉거리는 숨을 참으며 자운을 향해 물었다. 자운이 편안한 표정으로 뒤따라오며 고개를 끄덕였다.

"물론 해야 하지. 너네 실력이 높아질 테니까."

자운 정도 되는 고수가 무공에 관해서 거짓을 말할 리가 없다고 생각한 그들은 이를 악물고 산을 올랐다.

온몸의 다리가 후들거린다.

땀은 이미 축축하게 옷을 적시고 있었다.

산을 오르는 것만이 끝이 아니었다. 산을 오르면 다시 같은 일을 반복하며 뛰어 내려와야 했다.

산을 뛰어 내려오는 일 역시 쉬운 일이 아니다.

오르막에 비해서 내리막이 내려오는 것이 쉽다고 생각할지 모르나 균형은 더욱 잡기 힘들었다.

가속도가 붙어 몸이 흔들릴 뿐만이 아니라 단번에 멈추기 역시 어려운 것이다.

"어어어?"

달리던 이들 중 하나가 넘어졌다.

그 뒤를 따라오던 이들 셋 정도가 줄줄이 그 자리에서 데굴

데굴 굴렀다.

조금만 방심해도 저렇게 되기 십상이었다.

내력이라는 것이 얼마나 소중한지 알 수 있었던 부분이었다.

내력을 금하자 그들은 그야말로 평범한 범인보다 조금 뛰어난 정도였다.

훈련된 범인이나 외공을 조금 익힌 이들이라면 누구라도 그들 정도의 힘을 사용할 수 있을 것이 분명했다.

여기서 더 공포스러운 것은, 이것이 단순한 하루 일과의 시작일 뿐이라는 사실이었다.

더욱 기가 막힌 것은 그후의 수련이었다.

'내력을 제한하고 창천궁의 벽을 타라니.'

말도 안 되는 수련이었다.

창천궁은 높이가 삼 층으로 이루어진 건물이다.

그런데 그 벽을 내력을 전혀 사용하지 않고 기어오르라고 한 것이었다.

벽에서 튀어 나온 부분을 잡고 있는 두 팔이 후들후들 떨렸다.

이런 수련이 정말로 효과가 있을까 하는 생각도 들었다.

단순히 놀리려고 하는 것이 아닐까 하는 생각도 들었다.

바람이 불어왔다.

태원삼객의 첫째인 적상지의 몸이 흔들렸다.

"으윽."

그가 신음을 흘렸다.

지금 그들이 매달려 있는 곳은 이 층과 삼 층의 사이. 이런 높이에서 내력을 사용하지 않고 떨어지면 크게 다친다.

어디 한 군데가 부러지는 정도로는 끝나지 않을 것이다.

그런 생각을 하자 온몸을 타고 아찔한 감각이 전해졌다.

'그럴 수는 없지'

딴 생각을 하면 죽을 것이다.

지금 집중해야 하는 것은 최대한 안전하게 벽을 타는 것. 적상지가 부들거리는 두 팔을 움직여 다른 곳을 움켜쥐었다.

조금이라도 제대로 된 곳을 잡아야 한다.

그곳을 찾기 위해 적상지를 비롯한 황룡문의 모든 제자들은 혼신의 힘을 다해서 집중하고 있었다.

삼 층의 꼭대기에서, 황룡문의 제자들이 하는 양을 바라보고 있던 남궁인이 허탈하게 웃었다.

"허허허허허허."

'도무지 무상은 이해할 수가 없군.'

마지막 훈련은 가장 훈련다운 훈련이었다. 절대고수의 기세를 참아내는 훈련이라니, 이 얼마나 훈련다운 훈련인가?

사실 별로 훈련스럽지 않았지만 앞의 두 훈련이 너무 개같아서 이번 것이 훈련처럼 느껴지는 것이었다.

"자, 그럼 오늘도 잘 해보라고."

동시에 자운의 몸에서 화악 하고 기운이 뿜어졌다. 천하에 이름 높은 절대고수의 기운.

처음에 이 훈련이 시작되었을 때만 해도 절반 이상이 시작하는 동시에 픽픽 쓰러졌다.

자운은 그때마다 쓰러진 이들을 일일이 깨워 기세를 견뎌내게 했다.

쓰러지는 것마저 마음 편히 하지 못하는 것이다.

하지만 삼 일째 정도가 되자 그들에게도 독기가 생겼다.

매번 쓰러지기만 하는 것도 마음에 들지 않는다. 한 번 정도는 자운의 기세를 견뎌보고 싶었다.

그들의 눈에 독기가 어리고, 입에서 거품을 물면서까지 기절을 하지 않는다.

자운이 미소를 지었다.

'제법이군.'

확실히 처음에 비해서 늘었다. 기운에 대처하는 자세부터가 다르다.

차음에는 무조건 자운의 기세를 정면에서 막아내려 했는데, 이제는 알게 모르게 조금씩 기세를 흘려내고 있지 않은가.

그 모습이 마음에 든 자운이 기세를 더욱 강하게 키웠다.

화아아아악—

일전보다 훨씬 강력한 기운이 그들을 향해 뿜어지고, 입에서 거품을 물던 이들이 그 자리에서 픽픽 쓰러졌다.

"야. 일어나. 벌써 쓰러지면 재미없지."

자운이 일일이 그들을 찾아가 깨우고 일으켜 세웠다.

일어난 이들은 자운에 대해서는 한결같은 생각을 가지는 수밖에 없었다.

'악마.'

'악마다. 호법은 악마야.'

'황룡문이 아니라 악룡문이었구나.'

물론 그 모습을 멀리서 바라보던 괴걸왕은 자운에 대한 평가를 수정했다.

'그냥 미친 줄 알았더니 아주 악독하게 미쳤구나.'

제자들의 훈련을 모두 마친 자운의 다음 일정은 취록과 만나는 것이었다. 무상부의 정보를 관리하는 일을 취록이 하고 있는 만큼 정보의 전달을 받기 위해서는 그녀와의 접촉이 필수였던 것이다.

"그래. 뭐 좀 재미있는 정보가 들어온 것 있어?"

자운이 손끝으로 탁자를 두드리며 말했다

툭툭툭―

지단목으로 만들어진 탁자가 자운의 손가락 움직임에 따라서 둥둥 하고 잘게 떨렸다.

취록이 그것을 잠시 바라보더니 손에 들고 왔던 서류철을 자운의 앞에 내려놓았다.

"오늘 들어온 정보 중에 골라낸 정보예요. 비선망을 통해서 간신히 들어온 정보는 특급으로 분류해 두었어요. 아직은 문상부에서 입수하지 못한 정보도 있을 거예요."

자운이 취록이 내려놓은 정보 뭉치를 받아 들었다.

대부분 적성의 활동에 관련된 것이었다. 사실 적성이라고 할 만한 이들이 남았나 싶다.

"이제 일성만 죽이면 되는 일 아닌가?"

자운의 말에 취록이 동의한다는 듯 고개를 끄덕였다.

"칠적이 모두 죽었으니, 일성만 죽이면 되겠지요."

그들은 아직 삼봉공에 대한 정보를 전혀 입수하지 못한 상황이었다.

삼봉공 중에서 무림으로 나온 이는 단 하나, 자운을 찾기 위해 나선 삼공이 전부였으니 무림에 알려질 리가 없었다.

그 사실을 알지 못하는 자운과 취록이니 일성만 처리해 버리면 되는 것이라 생각한 것이다.

한참을 자료를 넘기던 자운의 눈동자가 딱 하고 멈추었다.

그의 눈이 반짝하고 빛이 난다.

취록이 자운이 보고 있는 자료를 흘깃하고 확인해 보니 특급의 자료다.

조금 더 자세히 보니 그녀 역시 꽤 신중하게 읽었던 자료였다.

"흥미가 생겨요?"

자운이 고개를 끄덕였다.

"어. 흥미가 안 생긴다고 하면 말도 안 되는 이야기겠지?"

취록이 고개를 끄덕였다.

그것은 무림 전역에 있는 고수들의 실종에 관한 이야기였다.

은밀하게 약 백 명 정도 되는 고수가 실종되었다.

고작 백 명, 구주무림에서 고작 백 명이 사라졌다.

아마도 대부분의 정보단체는 그마저도 모르고 있었을 것이다.

취록이 움직이는 비선도 아주 우연한 기회에 무언가를 포착하고 추적한 결과 알게 된 정보였다.

"이 많은 고수가 사라졌다는 거지. 그래서 이들이 어디로 갔는지는 알아내었어?"

취록이 고개를 끄덕이며 자운의 손에 들려 있는 자료를 손가락으로 가리켰다.

"예. 뒤에 있어요."

자운이 미간을 찌푸리며 문서를 넘겼다.

"뒤에?"

정말로 뒤에 관련 내용이 더 있었다.

"아, 있군."

자운의 눈이 다시 자료의 글들을 읽어내려 간다. 그리고는 그가 탁하고 자료를 때렸다.

"이 많은 고수가 한 곳으로 집결되었는데, 그 장소가 바로 강시당이라는 말이지?"

강시당은 사천의 아래쪽에 위치한 사파다.

본래는 그 규모가 그리 크지 않고 강시라고 해도 동물을 이용해 만들어내는 강시가 전부였던지라 정파에 의해서 토벌되지 않은 상황이었다.

지금의 사파는 정파의 영역이 아니라 적성의 영역이 되었다.

사라진 고수들이 그곳을 향한다?

당연히 무언가 냄새가 났다.

자운이 자료를 이리저리 곱씹었다.

"시제 썩는 냄새가 진동을 하겠군."

그들은 강시를 만들고 있을 것이 분명했다. 강시라니, 무림에서 금지된 술법이 바로 강시가 아닌가.

잘 만들어진 강시는 강기에도 쉽게 상하지 않으며 상대하기 또한 까다롭다.

또한 이미 죽어 있는 존재이기 때문에 조종자의 명령에 따라서는 죽기를 불사하고 덤비는 존재들이 바로 그들이었다.

까놓고 쉬운 말로 말한다면, 고수 하나 상대하는 것보다 강시 한 구 상대하는 것이 어려웠다.

그런 강시가 무려 백 구 이상이 제조되고 있다는 소리였다.

자운이 탁 하는 소리와 함께 서류를 내려놓았다.

"애들 모아봐. 우리 무상부도 놀고만 있을 수는 없지. 한 건 해야 하지 않겠어?"

할 일을 결정한 직후 자운은 바로 무림맹주 남궁인을 만나러 갔다.

아무리 무상부가 맹주의 명을 제외한 다른 누구의 명도 받지 않는 독자적인 조직이라고는 하지만 이런 큰일을 하는데 무림맹주의 제가가 필요한 것이 사실이었다.

자운이 무림맹주의 방을 찾자 남궁인이 갑작스러운 그의 방문에 눈을 크게 치켜떴다.

"무상이 이곳에는 웬일입니까?"

그 말에 자운이 탁 하고 취록에게서 받은 자료를 내려놓았다.

"할 일이 생겨서 말입니다."

그의 말에 남궁인이 서류를 받아 들어 천천히 살피기 시작한다.

그가 남궁인에게 내려놓은 서류, 그것은 강시당에 관련된 내용이었다.

"이게 사실입니까?"

문상부나 무림맹의 정보망에도 걸리지 않았던 이야기다. 그런 자료를 자운이 제시하니 그로서도 쉽게 믿기 힘들었다.

더욱 믿을 수 없는 것은 그 내용이었다.

지금 당장 사천 땅이 무림맹의 구역이 아니라고는 하지만, 같은 사람으로서 이런 천인공노할 일을 벌이고 있다니.

이게 말이나 되는 소리인가.

남궁인의 말에 자운이 고개를 끄덕였다.

"제 독자적인 정보망이 있습니다. 거길 통해서 알아본 것이니 아마 확실할 겁니다. 아마 오래지 않아 무림맹의 정보망에도 들어오겠지만, 그건 너무 늦었을 때이겠지요."

이 사실이 천하에 알려지게 되면, 비록 지금 사천이 정파의 영역이 아니라고는 하지만 막지 못한 무림맹은 천하인의 질타를 받을 것이 분명했다.

아마도 무림맹의 정보망에 이 소식이 전해질 무렵이라면 천하에 소문이 퍼졌을 것이다.

자운의 말대로 그때는 너무 늦었다.
남궁인이 자운을 바라보았다.
자운이 이 서류를 가지고 왔을 때에는 무언가 생각이 있었을 것이다.
남궁인이 알고 싶은 것은 바로 그러한 것이었다.
"무슨 좋은 생각이라도 있습니까?"
그의 말에 자운이 고개를 끄덕였다.
"무상부에서 움직일 생각입니다. 재가를 해주셨으면 합니다."
"무상부가 말입니까?"
자운이 고개를 끄덕였다.
"예. 무상부가 움직이지요. 그 사이 다른 절대경지에 오른 고수들은 다른 현장으로 투입해 주셨으면 합니다."
"다른 현장이라면?"
"전장 말입니다. 칠적으로 대표되는 절대고수들은 모조리 제가 죽였습니다. 하나도 남김없이 처죽였지요. 그러니 지금 상황에서 적성 측에는 절대고수를 막을 전력이 없다고 봐도 무방할 것입니다."
자운의 말에 남궁인이 동의한다는 듯 고개를 끄덕였다.
확실히 그것은 그랬다.
"음. 확실히 그렇군요. 그렇게 된다면 밀리고 있는 상황에서 다시 승기를 채어 오는 것도 어렵지 않을 것입니다."

"그리고 그들이 시선을 끄는 동안, 저는 무상부를 이끌고 강시당을 치겠습니다."

승기를 이쪽으로 당겨올 뿐만이 아니라 강시당의 문제까지 해결할 수 있다.

강시가 강하다고는 하지만 자운은 절대의 고수, 절대의 고수를 강시로 막을 수는 없다.

자운이 씨익 하고 웃었고, 남궁인 역시 허허 웃었다.

"과연. 좋은 책략입니다."

"제가 한 머리 합니다."

자운도 웃었고, 남궁인도 웃었다.

* * *

자운이 계획한 일은 아주 빠르게 진행되었다. 무림맹에서도 대외적으로 내어 놓을 활동의 결과가 필요했으니 일이 빠르게 진행된 것은 어찌 보면 당연한 일이라 할 수 있었을 것이다.

절대고수들은 빠르게 전장으로 투입되었다.

독왕과 태허 진인이 투입된 곳은 사천과 청해 사이의 전장이었다.

어떻게 놓고 본다면 자운 일행의 길을 열어주는 역할을 하는 것이 그들이었던 것이다.

"흘흘흘. 이놈들, 그간 당한 것을 모조리 갚아주마!"

독왕이 암기를 쫘악 하고 뿌렸다.

허공중에 수십 개의 침이 솟구치고, 독왕의 손짓에 따라서 아래로 떨어져 내렸다.

꽃비가 내리는가?

만천화우(滿天花雨)가 그대로 하늘에서 떨어져 적들을 꿰뚫었다.

단번에 넓은 범위의 적들이 침에 당해 쓰러진다.

독왕이 다시 손을 허공으로 휘젓자 암기들이 그의 손으로 돌아왔다.

과연 절대의 영역에 들어선 고수, 그가 펼치는 것은 만천화우뿐만이 아니었다.

당금의 그가 독왕이라는 무림명을 달수 있게 된 것은 암기술이 아니라 바로 용독술 덕분이었다.

독을 하독하는 순간 눈앞의 적들이 한줌의 혈수로 변해 사라졌다.

당가에서 자랑하는 독은 어지간한 내력으로는 해독제를 먹을 시간도 없이 그대로 적을 녹아 사라지게 만들었다.

자신의 앞에서 적들이 사라져 가는 모습에 독왕이 웃음을 터뜨렸다.

"으하하하하하하!"

지금까지는 매번 전장에 나설 때마다 칠적들을 견제하는 일을 했기 때문에 이렇게 통쾌한 감각을 경험하지 못했다.

이런 감각을 경험하는 것은 정말 오랜만이라 할 수 있었다.

자연 입에서 웃음이 넘쳐흘렀다.

태허 진인이 웃음을 터뜨리는 독왕의 옆에서 검을 휘둘렀다.

"나쁜 놈들!"

자운에게 요상한 수법을 배워서 그대로 따라 한다.

이형환위(移形換位)로 적을 농락한 후에 뒤통수를 후려 버리는 것이다.

"캐엑!"

그의 수도에 뒤통수를 얻어맞은 적이 그대로 바닥을 굴렀다.

검에 맞은 것도 아니고 장에 맞은 것도 아니다.

수도로 뒤통수를 맞다니, 살아는 있겠지만 아마도 치욕스러워서 두 번 다시는 일어나고 싶지 않을 것이 분명했다.

"헤헤헤. 나쁜 놈들! 나쁜 놈들!"

무인들의 그런 심정을 아는지 모르는지 태허 진인은 적들 사이를 종횡무진 누비며 뒤통수를 후려갈겼다.

"캐에엑!"

그의 주변에는 항상 뒤통수를 맞고 굴러다니는 무인이 다섯 정도 있었다.

그런 상황이 반복되자 적성의 무인들은 태허 진인의 옆으로 가는 것을 꺼렸다.

칼을 맞거나 제대로 된 공격을 당해서 저런 꼴사나운 모습을 보이는 것은 이해할 수 있다.

하지만 단순한 뒤통수 치기에 뒷머리를 잡으며 바닥을 데굴데굴 구르다니, 그런 모습은 절대로 사양하고 싶었다.

적들이 오지 않자 직접 움직인 것은 태허 진인이었다.

"헤헤. 이 나쁜 놈들아! 안 오면 내가 잡으러 간다!"

당연히 한 명도 오지 않았고 태허 진인이 성큼성큼 다가갔다.

그가 다가오는 만큼 뒤로 물러나는 적들. 누구 하나 감히 태허 진인을 향해 다가가지 못하는 것이다.

"어어?"

아무도 자신을 향해 다가오지 않자 태허 진인이 볼을 부풀리며 적들을 노려보았다.

그리고는 단번에 보법을 밟았다.

휘익—

솟구치는 태허 진인의 몸, 그의 몸이 다시 나타난 곳은 바로 적들의 한가운데였다.

"헤헤헤. 이 나쁜 놈들아!"

뻐억—

"케에에엑!"

전장에는 당가의 독에 당해서 쓰러진 사람보다 뒤통수를 부여잡고 바닥을 구르다가 적에게 당한 이들이 더 많다는 후문이 돌았다.

물론 어디까지나 후문일 뿐이었다.

*　　　*　　　*

주선과 괴걸왕이 투입된 정장은 감숙과 섬서의 사이였다.

적성과 무림맹의 전투가 가장 치열하게 벌어지고 있는 곳이기도 했다.

그래서인지 자운이 알지 못하는 다른 한 명의 절대고수가 더 투입되었다.

바로 소림의 신승(神僧).

신승이 일약 절대고수로 떠오른 것은 약 삼 년 전이다.

그 당시까지만 해도 평범한 불목하니인 줄 알았던 이가 소림의 위기에만 모습을 보인다는 신승이었던 것이다.

그런 신승이 있음에도 불구하고 소림은 적성에게 패했다.

그리고 연전연퇴를 거듭해 밀리고 밀려 청해까지 밀리게 되었다.

여기서 더 이상 밀릴 수는 없었다.

"내 오늘 살계를 열어 부처님께는 갈 수 없겠구나."

그가 말을 마치며 불호를 외고는 한 손 백보신권을 뿜어내었다.

콰과과과—

소림의 백보신권이 사방을 흔들며 적을 습격했다.

"크아악!"

"크헉!"

"으아아악!"

백보신권의 권역에 휘감긴 이들이 비명을 지르며 날아갔다.

신승이 뿜어낸 백보신권이다. 여타의 백보신권에 비해서 훨씬 강했으며 영향을 미치는 범위 역시 다른 이들보다 훨씬 넓었다.

신승의 공격은 그것으로 끝나는 것이 아니었다. 그가 등에 메고 있던 거대한 봉을 풀었다.

두께가 족히 성인 남성의 손바닥 크기이고 길이는 성인 남성의 키보다 조금 작은 철봉. 신승이 철봉을 휘두르자 바람이 일어났다.

휙휙휙휙휙—

"아미타불."

불호를 외며 철봉을 휘둘러 적성의 적들을 쳐낸다. 철봉에 당한 적들이 곤죽처럼 무너져 내렸다.

"내가 지옥에 가지 않으면 누가 가리."

그래도 중이라고 적들을 죽이면서 계속해서 무언가를 중얼거린다.

그 모습을 보고 괴걸왕이 고개를 절레절레 흔들었다.

"저것도 미친놈이야."

말을 하며 용두괴장을 연신 쉬지 않고 움직인다.

퍼엉—

그의 괴장에 당한 이들의 몸뚱이가 그대로 터져 나갔다.

괴걸왕의 용두괴장에 담긴 내력을 이겨내지 못했던 탓이었다.

그런 그의 옆에서는 주선이 이리저리 활보하고 있었다.

"으흐흐. 아, 좋다!"

술을 쭈욱 들이켠다.

"푸우우!"

입으로는 주전을 뿜어낸다. 물론 반절은 마셨고 반절만 뿜어내었다.

주전이 부챗살 모양으로 넓게 뿜어져 나갔다. 앞에 있던 적들이 그대로 어깨를 부여잡고 쓰러졌다.

그 위를 하얀 소, 누렁이가 밟고 지나간다.

"크억!"

"어어억!"

음머~

밟힌 이들이 비명을 질렀지만 누렁이는 태연하게 다음 적들을 밟았다.

그 위에서 주선이 계속해서 술을 마시며 중얼거렸다.

"역시 사람은 술기운으로 패야 해."

다른 이가 들으면 뜨악할 만한 소리를 잘도 하며 입으로는 술을 뿜어댄다.

푸욱—

주전이 사방으로 비산하며 날아들었다.

단번에 적들을 꿰뚫는다.

부챗살 모양으로 퍼져 나간 주전으로 인해 그녀의 앞이 텅텅 비었다.

그 사이를 종횡무진 누렁이가 누볐다.

파바바밧—

누렁이의 발길질 하나하나가 예사로운 것이 아니어서 그에 밟힌 고수들의 가슴이 그 자리에서 함몰된다.

콰직—

꼭 훈련을 이렇게 해야 하나? 231

"커헉!"

주전에 당해 죽은 이들은 자신보다 더 강한 무인에게 당했다는 긍지라도 있었다.

하지만 소에게 밟혀 죽은 이들은 그런 거 없다.

그냥 개죽음, 아니, 소죽음이라고 해야 할 것이다.

자연 소죽음을 당하기 싫은 이들은 그녀의 곁으로 모여들지 않았다.

적들이 신승과 괴걸왕 주변으로만 몰리는 것이다.

잔뜩 심통이 난 그녀가 젊어 보이는 아미를 모으며 외쳤다.

"나도 젊은 남자들의 사랑과 관심을 받고 싶다!"

누렁이를 타고 적들에게로 돌진한다.

"으아아아아아아아아!"

지금의 적성에는 없는 절대고수의 난입, 그것은 무림맹 측에 있어서는 크나큰 도움이었다.

동시에 적성에게 있어서는 재앙과도 같은 일이라 할 수 있었다.

자운이 그 과정에 대한 보고를 받으며 씨익 하고 웃었다.

황룡문의 제자들을 향해 눈을 빛내며 그가 말했다.

"그럼 이제 우리도 일을 시작해야지."

그날, 전장의 혼란을 틈타 무림맹의 무상부가 사천 땅에 숨어들었다.

향하는 곳은 사천의 강시당!

그 선두에는 괴걸왕에 의해서 새롭게 황룡난신(黃龍亂神)이라는 별호를 얻은 자운이 서 있었다.

* * *

자운이 이끄는 무상부에 속한 황룡문의 모든 제자들이 사천 땅에 숨어들었다.

그리고 삼 일 정도가 더 지났다.

절대고수들이 투입된 전장은 그야말로 무림맹의 독천하라고 할 수 있었다.

콰과과과과—

그들이 거칠 것 없이 전장을 휩쓸었다.

단번에 사천 땅의 절반과 섬서를 회복했다.

무림맹으로서는 권토중래(捲土重來)한 것이다.

아직도 무림천하의 많은 부분이 적성의 손에 남아 있었지만, 이 속도라면 오래지 않아 적성을 몰아낼 듯했다.

무림의 많은 이들이 희망에 부풀었다.

누군가는 이제 곧 전쟁이 끝날 것이라 예상했고, 희망적인 소식들이 무림 전역으로 퍼져 나갔다.

조심스럽게 적성의 비장의 수단을 예측하는 이들도 있었

으나 워낙 많은 이들이 희망적인 소식을 전했기 때문에 그들의 이야기는 곧 사라졌다.

 하지만, 그들의 이야기가 틀린 것이 아니었다.

 콰앙—

 전장이 흔들린다.

 거구의 노인이 흑포를 휘날리며 전장에 내려선다.

 노인의 몸에서 뿜어지는 기세에 대지가 전율했다. 기세가 하늘을 흔들었고 대지를 진동시켰다.

 콰콰콰콰콰콰콰—

 엄청난 기파가 사방으로 뻗어갔다

第十一章
심판은 내가 한다

황룡난신

투콰콰콰콰—

절대고수들에 비해서 절대로 밀리지 않는 기세, 아니, 절대고수들에 비해서 기세가 강했으면 강했지 절대로 약하지 않았다.

괴걸왕과 주선, 신승이 그를 바라보았다.

"흘흘. 당신은 누구요."

괴걸왕이 물었고, 신승은 떨리는 손을 숨기지 않았다.

눈앞에 있는 사내의 투기에 몸이 떨리는 것이다.

그가 다른 이들에 비해서 머리 두 개가 더 있는 거구를 들며 신승과 괴걸왕, 그리고 주선을 내려다보았다.

"이 세대의 고수들인가?"

유부에서 흘러나오는 듯한 목소리에 괴걸왕이 흠칫한다.

주선이 누렁이에서 내려섰다.

누렁이를 뒤로 보내는 주선, 이자는 누렁이를 타고 상대할 자가 아니다.

본신의 힘으로 온 힘을 다해서 싸워야 한다.

"본 공은 적성의 삼봉공 중 이공이라 하네. 이 시대의 고수들을 만나서 반갑구만."

이 시대의 고수들이라니, 마치 이 전의 시대에서 올라온 고수 같지 않은가.

또한 절대고수를 압도하는 기운이라니, 그들의 미간이 찌푸려졌다.

"그대는 적성의 인물이요?"

"믿지 못하는가 보군."

솔직히 말하면 괴걸왕은 두려웠다. 이런 이가 적성의 인물이라니.

또한 저자는 삼봉공 중 이공이라 했다.

그 말대로라면, 저런 이가 앞으로 둘이나 더 있는 것이다.

"믿지 못하겠다면 보여주지."

그가 한껏 숨을 들이쉬었다.

거인이 태산을 빨아들이듯 호흡을 들이쉬고, 호흡을 타고 단전에서 마기가 뻗어나간다.
휘류류류류—
그의 양팔을 휘감는 와선류, 그 속에는 붕산(崩山)하고 파천(破天)할 만한 힘이 담겨 있었다.
그가 주먹을 내지름과 동시에 한줄기의 굵은 흑선이 전장을 꿰뚫었다.
콰앙—
바다가 두 쪽으로 쩌억 하고 갈라지는 것처럼, 무림맹 진형이 쩍하고 갈라졌다.
그리고 그 사이로 시체와 피가 강을 이루고 흘러내렸다.
단 일 수에 벌어진 참상, 괴걸왕의 얼굴이 악귀처럼 일그러졌다.
"이놈!"
그의 몸이 펄쩍 날아오른다.
동시에 괴장을 이리저리 움직였다. 개방의 신물이라 할 수 있는 용두괴장이 시퍼런 뇌전을 뿜었다.
자운의 친우였던 공우가 남긴 무공, 그것은 무공에 뇌전을 담는 방법이었던 것이다.
파지지직—
용두괴장이 뇌전에 휩싸이고 푸른 빛살이 뿜어진다.

콰르르릉—

그대로 이공의 팔을 때리는 뇌전. 하지만 이공의 좌수에는 아직 하나의 흑색 와류가 남아 있었다.

"제법이군."

이공이 감탄하며 와류를 쏘아 보냈다.

콰르르르르르—

천지가 뒤흔들리며 괴걸왕의 몸이 뒤로 날았다. 촌각의 차이로 생사(生死)가 갈릴 뻔했다.

이공이 괴걸왕을 보며 말했다.

"이백 년 전의 나 정도는 되는 것 같군. 하지만 아직 부족해."

이공을 상대하기에는 터무니없이 부족했다. 이공이 다시 두 손을 뻗었다.

콰르르릉—

공간이 어둠으로 물들어가며 그의 두 손으로 딸려 들어왔다.

와선류가 주먹을 휘감고 회오리치기 시작한다.

쿠구구구구—

이공이 좌수를 내질렀다.

통째로 일그러진 공간이 그대로 먹에 물들어가듯 부서져 내렸다.

쾅쾅쾅—

괴걸왕이 뒤로 주르륵 밀려났다. 주선이 그대로 술독에서 손으로 술을 퍼 먹색으로 부서진 공간을 향해 뿌렸다.

촤악 하는 소리와 함께 엄청난 양의 내력을 가득 담은 술이 날아들었다.

촤라라락—

술이 단번에 뭉치며 으깨진 공간과 충돌했다.

펑—

검은 공간이 한순간 흔들렸지만 전혀 붕괴되지 않는다.

이공이 주선을 향해 씨익 하고 웃으며 말했다.

"흐흐. 그 정도로는 나의 멸공지력을 막을 수 없다."

주선이 욕지기를 뱉었다.

"빌어먹을."

그리고는 술을 벌컥벌컥 마시기 시작한다. 거한 취기가 돌고, 온몸에서 주향이 확 하고 뿜어졌다.

동시에 주향이 손끝으로 모여들기 시작한다.

주향과 바람이 뭉치고 거대한 륜이 이루어졌을 때, 주선이 곰방대를 입에 물고 연초 향기를 후욱 하고 들이켰다.

순간 륜이 이공의 멸공지력을 향해 쏘아진다.

콰아아아아—

소림의 신승 역시 백보신권을 멸공지력을 향해 쏘았다.

공간을 통째로 붕괴시키던 멸공지력과 주선의 주향, 신승의 백보신권이 충돌한다.

쾅—

지축이 한 차례 크게 흔들렸다.

동시에 대기가 금이라도 간 것처럼 쩌저적 하고 갈라진다.

공간에 금이 가는 것이었다.

또한 바닥 역시 거미줄 같은 문양이 생기며 갈라졌다.

멸공지력과 주향, 백보신권의 치열한 힘겨루기, 그 사이를 뇌력이 가미된 강룡장이 날아든다.

괴걸왕이 뿌린 장법이었다.

팽팽한 힘겨루기를 하고 있던 세 개의 힘에 하나의 힘이 더해졌다.

그러자 그 균형이 자연스럽게 무너진다.

이공의 멸공지력이 그대로 소멸됐다.

쾅—

자신의 멸공지력이 사라졌음에도 불구하고 이공이 씨익 하며 웃는다.

그로서는 가볍게 주먹을 뻗었을 뿐이다. 고작 그 정도의 권력 하나가 사라졌다고 놀랄 이유는 없었다.

"제법이군. 하지만 언제까지 나의 멸공지력을 막을 수 있을까?!"

웃으며 그가 두 손을 흔든다.

쾅—

양쪽으로 쏟아지는 멸공지력, 정파의 인원들이 쫘악 하고 갈라졌다.

동시에 피가 사방으로 쏟아진다.

"으아아악!"

"크아아악!"

"으어어어억!"

단번에 죽은 이들은 그나마 행복한 것이었다.

공간에 통째로 신체의 일부분을 잡아뜯긴 이들이 비명을 내질렀다.

팔다리가 하나씩 없는 이들이 바닥을 기었다.

"이놈이……."

괴걸왕이 용두괴장을 들었다. 간단하게 만들어낸 참상 치고는 너무 섬뜩했던 탓이다.

당장에 놈을 막지 않는다면, 분명 정파 측에 엄청난 피해가 올 것이 분명했다.

주선 역시 입에 술을 머금으며 전투태세를 취했다.

그런 주선과 괴걸왕을 말린 것이 바로 신승이었다.

신승이 합장을 하며 앞으로 나선다.

"아미타불. 소승이 이 자리에 서 있을 테니 거지 시주와 술꾼 시주께서는 빨리 사람들을 데리고 대피하십시오."

그의 말에 놀란 걸왕이 소리친다.

"이 땡중아! 네놈은 부처님을 만나러 가려는 것이냐!"

절대고수 삼 인이 합격을 한다 해도 승리를 장담할 수 없는 이가 바로 눈앞에 있는 이공이었다.

그런 이공을 신승 혼자서 막겠다니, 자살을 하러 가는 길이 아닌가.

괴걸왕의 말에 신승이 조용히 합장을 했다.

"부처님께서 나 한 사람의 목숨을 받아 다른 이들의 목숨을 거두지 않는다면 정말로 감사하겠지요."

그가 씨익 하고 웃었다.

주선이 술을 한 다발 퍼서 그에게 내민다.

"땡중. 세상 가는 길 마지막인데 술이나 한잔해."

본래 절에서는 술을 엄격히 금한다. 하지만 신승은 주선이 주는 술을 두 손으로 받았다.

그리고는 나지막이 불호를 외며 술을 천천히 들이켰다.

빈 그릇을 주선에게 돌려주는 신승, 그가 온화하게 웃어 보인다.

"아미타불."

그가 다시 돌아서 이공을 바라보았다. 그 모습에서 확고한 결심을 느낀 괴걸왕과 주선이 고개를 끄덕였다.

"그럼 부탁하도록 하겠네."

괴걸왕이 소리를 치며 그 자리에서 벗어났다.

주선 역시 누렁이의 등에 올라타더니 그 자리에서 곧 벗어난다.

이공이 자신의 앞을 막아선 신승을 바라보았다.

"자네 혼자라면 백의 백은 죽을 텐데."

"얼마나 버티는지가 관건이겠지요. 아미타불."

이공이 웃었다.

신승이 자신의 처지를 너무나도 잘 알고 있었던 탓이다.

"그럼 버텨보게."

그가 양손으로 공간을 우그러뜨렸다.

쾅―

흑색 선이 쏘아지고, 신승이 그 선을 향해 백보신권을 뻗었다.

퍼엉―

하지만 단 한 발의 백보신권으로는 흑선을 막을 수 없다.

연달아 쏘아지는 세 발의 백보신권!

펑펑펑―

흑선이 휘청했다.

하지만 아직까지는 건재하게 신승을 향해 날아든다.

아군이 모두 후퇴하지 못했다. 여기서 신승이 흑선을 피해

버린다면 엄청난 피해가 일어날 것이 분명했다.
 '아미타불.'
 속으로 외운 불호와 함께 그의 몸에서 금강부동의 구결이 운용된다.
 몸 전체가 은은한 불광에 휩싸이고, 그의 몸은 금강불괴의 경지에 오른 것 마냥 단단하게 변했다.
 쾅—
 불광에 휩싸인 그의 몸과 흑선이 그대로 충돌했다.
 신승의 몸이 주르륵 밀려났다.
 밀려날망정 부서져 내리지는 않는다. 자신의 흑선을 막은 모습에 이공이 눈에서 이채를 발했다.
 "과연. 한 수 재간은 있다는 말이군."
 신승의 입을 타고 주르륵 피가 흘러내린다.
 단 한순간에 이 시대의 절대고수에게 내상을 입혔다. 이공의 무력은 어쩌면 하늘에 닿아 있는지도 모르는 일이었다.
 "그럼 이번에는 그쪽에서 오게."
 "사양하지 않겠습니다."
 그가 등에 메고 있는 거대한 철봉을 내려놓고 주먹을 움켜쥐었다.
 소림의 권법은 백보신권과 마찬가지로 기격을 중시한다.
 정교하면서도 일면 단조로워 보이기는 하나 그 실상을 들여다보면 변화무쌍하기 그지없다.

'일기가성'이라 하여 우렁찬 고함 소리를 동반하는 소림의 권은 가히 무림일절로 불릴 만했다.

파앗—

"합!!"

뻗어내는 것은 단순한 금강권!

하지만 그 속에 담긴 무리는 평범한 금강권이 아니었다.

금강권이 뻗어 나감과 동시에 나한보가 펼쳐진다.

신승의 몸이 금강권과 동시에 바닥을 박차는 듯 유려하게 움직였다.

스스스스스—

"금강권은 눈속임인가."

이공이 금강권이 날아오는 공간을 그대로 움켜쥐고 비틀었다.

쾅—

공간이 비틀리자 경로가 바뀐 금강권이 허공에서 폭발한다.

그 사이를 노려 움직인 신승은 이미 이공의 지척에 도착해 있었다.

"제법이군."

"아미타불."

지근거리까지 다가간 신승이 이공의 몸에 도장을 찍는 듯 손을 올려놓는다.

쾅—

이공의 몸이 휘청하며 뒤로 날았다.

신승이 그 자리에서 큰 소리로 기합을 넣으며 동시에 백보신권을 쏘아 보냈다.

"허업!"

쾅—

주먹에서 새하얀 권강이 뿜어진다. 백보 앞의 사물이라 할지라도 격할 수 있다는 백보신권이 뒤로 밀려나는 이공의 몸을 쫓았다.

이공이 날아가던 도중에 다리를 바닥에 뿌리박았다.

쾅—

한순간 흔들리기는 했으나 그의 몸이 더 이상 날아가지 않는다.

그 상태로 다가오는 백보신권을 향해 마주 주먹을 뻗었다.

두 손에 담긴 힘을 멸공지력!

쾅—

공간이 통째로 부서져 내리며 백보신권을 파괴했다.

"보리옥룡인(菩提玉龍印)인가. 과연 소림이군."

이공이 자신의 몸에 남은 손바닥 모양의 선명한 장인을 보며 말했다.

"무너졌다 하더니 제법 날카로운 이를 숨기고 있지 않은가?"

칭찬인지 아닌지 알 수 없는 말에 신승이 불호를 외웠다.

"아미타불. 그 또한 부처님의 뜻이 아니겠습니까."

이공이 땅에 못 박았던 두 다리를 뺐다.

"이보게, 중. 난 지금 선문답을 하려는 것이 아니네."

콰앙—

그의 두 손에 잡힌 공간이 부서져 내리며 신승을 향해 질주했다.

"그저 즐기려는 것이지."

이공과는 다르게 신승은 그야말로 생과 사의 경계를 넘나들고 있었다.

이공이 가볍게 뿌려내는 공격에도 신승은 위태로웠다.

'이런 이가 사마외도에 있다니.'

무림의 앞날이 걱정된다. 최소한 이 자리에서 나의 목숨을 바쳐 이자의 목숨을 끊어 놓을 수 있다면 그것은 무림의 앞날에 도움이 되는 일일 것이다.

'부처님, 이 부족한 이의 목숨으로 무림의 앞날에 한줄기 희망이 비치게 해주시옵소서. 아미타불.'

속으로 결심을 다지며 두 손을 뻗는다.

미륵삼천해(彌勒三天解).

소림에서 자랑하는 금나수법 중의 하나인 미륵삼천해가 펼쳐졌다.

신승은 미륵삼천해의 수법에 탄지신통을 녹여내었다.

손가락으로 뿌리는 지법이 미륵삼천해의 수법을 타고 흐른다.

손가락의 움직임이 변할 때마다 탄지신통의 기운이 손에서 쏘아졌다.

쾅쾅쾅쾅쾅―

붕괴되는 공간에 탄지신통이 작열한다.

그러자 멸공지력이 다가오는 속도가 현저히 느려졌다.

자신의 공격이 막힌 것을 알면서도 이공이 비릿하게 웃었다.

"언제까지 그렇게 막을 수 있을까."

지금 하는 것은 그야말로 제 살을 깎아먹는 일이었다.

탄지신통이 내력을 적게 소비하는 무공이 아님이 분명한데 마구잡이로 쏘아내고 있는 것이다.

신승이 답을 하지 않고 주변을 둘러보았다.

이미 대부분의 이들이 대피를 했다.

지금 상황이라면, 멸공지력을 정면에서 상대할 필요는 없어 보였다.

그가 탄지신통을 쏘아내는 것을 그만두고 나한보를 펼쳤다.

휘익—

쾅— 퍼퍼퍼펑—

그가 방금 전까지 서 있던 자리로 멸공지력이 지나가며 모든 것이 무참하게 무너져 내린다.

뒤집어진 땅이 속살을 보이며 깊게 패여 있다.

신승이 나한보와 함께 소림오권을 펼쳤다.

다섯 마리의 동물을 흉내 낸 소림오권이 펼쳐지는 순서대로 이공을 향해 날아든다.

쌍룡도미(雙龍掉尾).

백호추산(白虎推山).

금표직권(金豹直拳).

팔괘사형(八卦蛇形).

백학량시(白鶴亮翅).

소림오권은 순서대로 정력기골신을 단련하는 무공이다.

쌍룡도미는 용권연신, 백호추산은 호권연골, 금표직권은 표권연력, 팔괘사형은 사권연기, 백학량시는 학권연정!

다섯 가지가 단련된 무공이 남김없이 이공과 충돌했다.

쿠웅—

이공의 몸이 앞뒤로 크게 흔들린다.

자욱한 모래가 일어나고, 이공이 거대한 몸을 일으켰다.

"크으. 제법이군."

소림오권이 간단하지만 왜 무림에 이름 높은지 알 수 있었다.

기골연정신의 단련이 하나가 된 무공에 당하자 한순간이나마 몸이 흔들렸다.

"허억, 허억, 허억. 아미타불."

그러나 오히려 만신창이인 쪽은 신승이었다.

이공이 소림오권에 당하는 순간 폭발시킨 멸공지력에 휘말린 것이다.

그의 한쪽 팔은 짐승에게 물려 뜯겨 나간 것처럼 흉측하게 잡아 뽑혀 있었다.

두 다리 역시 멀쩡하지 않았다.

멸공지력의 권역에서 몸을 빼며 두 다리를 버린 탓이다.

흉측하게 앞뒤로 뒤틀려 있는 다리, 이래서는 무공을 제대로 펼치지 못한다.

'이대로 정파는 끝이 나는 것인가.'

신승이 생각한 정파의 미래가 암울했다.

그가 나지막이 불호를 외웠다.

'아미타불.'

그럴 수는 없다. 무엇이라도 해야 했다. 신승이 온 힘을 다해 단전 속의 기운을 모았다.

　그것을 아는지 모르는지 이공이 히죽 하고 웃으며 신승을 향해 다가왔다.

　"제법이었지만 아쉽게도 그게 끝인 것 같군."

　신승의 목을 움켜쥔 이공이 그대로 끌어 올린다.

　신승의 노구가 너무도 쉽게 이공의 손에 딸려 올라왔다.

　"마지막은 편하게 보내주지."

　그의 목을 움켜쥔 이공의 손에 힘이 들어간다.

　뿌득하고 신승의 목이 꺾이는 순간, 신승의 주먹이 번개처럼 내질러졌다.

　마지막으로 펼쳐 내는 호신유성권(護身流星拳)!

　사력을 다한 무공이 그대로 이공에게로 작열한다.

　콰앙—

　목이 부서진 신승의 몸이 훨훨 날았다.

　긴 포물선을 그리더니 모래 바닥을 형편없이 뒹굴었다.

　모래먼지 속에서 이공이 몸을 일으켰다.

　"중놈 같지 않게 끝까지 송곳니를 품었단 말이지."

　그가 호신유성권이 작열한 심장어리를 만지며 말했다.

　선명한 권인이 남아 있다.

　내력을 조금만 더 모으게 해뒀어도, 마지막에 자신이 어깨를 틀지만 않았어도 호신유성권의 힘은 그의 심장을 부쉈을

심판은 내가 한다 253

것이다.

그가 선명한 권인을 어루만지며 히죽하고 웃었다.

"주인께서 무림을 재미있어 하는 이유가 있었군. <u>흐흐흐흐 흐흐흐</u>."

웃음이 터지는 그의 발치 아래, 목이 부러진 신승이 형편없이 뒹굴고 있었다.

무림을 대표하던 절대고수 중 한 명이 그렇게 또 죽음을 맞이하였다.

*　　*　　*

강시당은 사천에서도 남쪽인 서창(西昌)에 위치하고 있었다.

자운 일행은 다른 이들이 시간을 벌어주고 시선을 끌어준 틈을 타서 무사히 서창까지 도착할 수 있었다.

자운이 강시당을 무심한 눈으로 내려다보았다.

사실 자운이 이 임무를 한 것은 그가 전면에 나서기 위함이 아니었다.

이들에게 실전 훈련을 시켜주고 싶었던 것이다.

그간 갈고닦은 것이 허사가 아니었다는 사실을 느끼게 해주는 동시에 무상부의 실적을 만들려는 셈이었다.

그러니 자운은 스스로가 전면에 나설 생각은 전혀 없었다.

그가 가볍게 목을 쓰다듬었다.

단숨에 강시당을 전멸시킬 수 있었지만, 그 전에 먼저 증거를 확보하고 정보의 내용을 확실히 하는 것이 우선이다.

자운이 우천과 운산을 바라보았다.

"너네 둘 중에 한 명이 들어가서 증거를 찾아야겠는데, 누가 할래?"

자운이 운산과 우천을 번갈아 바라보자 운산이 손을 들었다.

"제가 들어가도록 하겠습니다."

"위험할지도 몰라."

운산이 고개를 끄덕인다.

"저는 무인이 아닙니까."

항상 생과 사의 경계점에 있는 것이 무인이다. 위험하면 어떻고 위험하지 않으면 또 어떻다는 말인가.

운산의 말에 자운이 씨익 하고 웃었다.

"짜식. 제법 무인다운 말을 하네."

처음 만났을 때도 그러고 보면 기골이 괜찮기는 했다. 자신을 적인 줄 알고 소리치던 모습이 눈에 선하다.

그때는 철모르는 애송이의 모습이 강했다면 지금은 노련한 무인과 같다.

자운이 운산을 향해 고개를 끄덕였다.
"좋아. 들어가 보도록 해. 정보를 잡으면 신호를 보내라. 그럼 우리가 돌입하도록 하겠다."
운산이 고개를 끄덕이며 어둠 속으로 녹아내렸다.
그의 신형이 훌쩍 강시당의 담을 넘었다.

후다닥―
강시당의 담을 넘은 운산이 주변을 살폈다. 먼저 지나가는 이가 있는지 확인을 하는 것이다.
마침 감시의 교대 시간이었는지 두런거리는 말소리가 들려온다.
운산이 모퉁이에 모습을 숨겼다. 그리고는 그림자로 어림 짐작을 하며 놈들이 다가오기를 기다렸다.
'온다.'
아니나 다를까.
운산의 짐작대로 일반 무사로 보이는 이들이 모퉁이를 돌아 운산의 앞에 모습을 드러내었다.
"어!"
운산을 확인한 그들이 소리를 치려는 순간, 운산의 손이 번개같이 출수되었다.
콱콱―

그대로 그 자리에서 쓰러지는 무사 둘, 운산이 둘을 한쪽 구석으로 옮겨 둔 후에 다시 어둠 속으로 몸을 숨겨 움직였다.

'강시를 대놓고 제조하지는 않을 거야.'

아무리 적성이 득세한 무림이라고는 하지만 강시는 대놓고 제조할 만한 것이 아니었다.

철저한 곳에 숨겨두고 있을 것이다.

'숨겨 뒀다면 어느 쪽일까.'

찬찬히 강시당의 건물들을 살폈다. 대부분 지상에 있는 건물, 무언가를 숨겨가며 만들기에는 조금 부적합하다.

'응? 지상?'

지상이 안 된다면 지하에서 만들면 그만이 아닌가.

운산이 미간을 지푸리며 기감을 넓게 펼쳤다. 지하에 있는 건물을 찾아내려는 것이다.

그의 기감이 강시당의 끝에 달했을 무렵, 지하에 있는 꽤나 넓은 공간이 잡힌다!

'저곳이다!'

운산은 본능적으로 느꼈다. 그곳에서 강시가 제조되고 있는 것이 분명하다.

적당히 넓은 공간, 여러 구의 시체를 놓기에도 안성맞춤이 아닌가.

추측되는 장소를 찾아낸 그가 몸을 움직였다.

발견한 장소는 아무래도 쌀을 보관하는 곳간인 듯했다.
하지만 평범한 곳간을 다섯이나 되는 무사가 지키고 있을 리가 없다. 저 곳간 아래에 있는 공간이 강시를 제조하는 곳이라는 확신이 섰다.
'시체 위에 있던 쌀로 밥을 해먹는 녀석들이라니.'
비위가 상했다.
그 사실을 일반무사들이 아는지는 모르겠지만, 속이 역겨워졌다.
하지만 지금은 비위 상해하고 있을 때가 아니다
저 아래로 내려가서 지하가 무엇에 쓰는 곳인지를 알아내어야 했다.
운산이 몸을 움직였다.
최대한 빠르게, 소리없이 입구를 지키고 있는 무사들을 쓰러뜨린다.
"어엇!"
운산이 다가오는 것을 확인한 무사 하나가 소리를 치려 했다.
하지만 운산의 움직임은 그들이 생각하는 것보다 훨씬 빨랐다.

퍼벅—

그의 주먹이 무사의 안면에 틀어박히고, 이빨 몇 개가 허공으로 날아갔다.

동시에 무사의 목이 뻭 하고 돌아가며 부러진다.

이렇다 할 틈도 없이 동료가 쓰러지는 것을 목격한 이들이 운산을 바라보았다.

당황해서 순간 무엇을 해야 할지 잊어버린 것이다.

운산이 그 틈을 놓치지 않았다.

허리춤에서 검을 뽑아 번개처럼 휘두른다.

파바바밧—

그대로 허공을 가르는 검, 동시에 피분수가 뿜어졌다

푸아악—

허공으로 피가 솟구치고, 운산이 곳간 안을 향해 몸을 날린다.

수많은 쌀이 그득그득 쌓여 있는 것으로 보아 확실히 곳간이기는 했다.

아래쪽에 있는 공간만 제외하면 말이다.

운산이 천천히 곳간을 살폈다. 아래로 내려가는 곳을 찾기 휘함이었다.

약 일각 정도의 시간이 지났을까, 그는 쌀포대를 치우는 것으로 아래로 내려가는 곳을 찾을 수 있었다.

사람 하나가 드나들 정도의 구멍, 그 아래로는 꽤나 넓은 공간이 이어졌으며 사람이 내려갈 수 있도록 계단이 마련되어 있었다.

운산이 계단의 아래로 내려갔다.

지하의 매캐한 냄새와 함께 기이한 약초 끓는 냄새가 전해져 왔다.

'윽.'

운산이 코를 부여잡았다.

냄새가 너무 강했던 것이다.

냄새가 강한 것도 있었지만 동시에 역했다. 시체 썩는 냄새 역시 진동을 한다.

'어둡군.'

계단을 좀 내려가자 한치 앞도 확인할 수 없는 어둠이 찾아온다.

빛이 전혀 닿지 않아서 그런 것이 틀림없었다.

얼마쯤 내려갔을까

한참을 지하로 내려가자 넓은 동공이 보이기 시작한다.

아롱거리는 빛이 들어왔다.

그림자가 보이고, 사람들이 이야기하는 것이 들린다.

"이번에는 제조가 성공적으로 되었군."

"이것으로 오십 구째. 강기에도 잘리지 않는 강시가 무려

오십 구라는 말이지."

그중 강시라는 단어가 정확하게 귀에 들렸다.

'역시 이들은 강시를 만들고 있었구나.'

운산이 몸을 숨기며 계단에서 놈들의 이야기를 엿들었다.

그리고 그 사이로 슬쩍 눈을 돌려 내부를 확인했다.

'헙!'

입술 사이로 헛바람이 비집고 나오려 하는 것을 간신히 참았다. 동공의 내부에는 오십 구나 되는 강시가 제조되어 있었고, 그 외에도 약 서른여 구의 강시가 제조되고 있었다.

이걸로 확실하다.

증거로 내놓기에는 충분할 것이다.

'여기서 나가서 알려야겠다.'

운산이 슬그머니 발을 뺐다.

다시 천천히 위로 올라갔다.

그때까지만 해도 모르고 있었다. 운산의 존재를 눈치챈 이들이 있었음을…….

운산이 눈앞을 살폈다. 지하에서 올라와 다시 창고로 올라서는 순간, 눈앞에 강시당의 무사들이 나타나 운산을 가로막은 것이다.

그들의 선두에 서 있는 이는 강시당의 당주 고준이었다.

그가 비릿한 웃음을 띠며 운산을 노려보았다.

"무사들이 쓰러져 있길래 혹시나 했는데 역시 확인해 보기를 잘했군. 너는 누구길래 이곳에 들어온 것이냐?"

운산이 답 대신 침음성을 흘리며 고준을 향해 역으로 질문했다.

"이런 천인공노할 짓을 벌이고도 무사할 줄 아는가?"

그 말에 고준이 웃음을 터뜨렸다.

"하하하하하. 그럼 무사하지 않으면 어떡하지? 누가 나를 벌한다는 말이지? 지금처럼 힘이 없는 정파가 나를 벌한다는 말인가?"

"으음."

"지금은 적성의 시대야. 사마외도의 천하란 말이지. 그런데도 정의랍시고 협객이랍시고 칼 들고 설치는 것들을 보면 어떤 생각이 드는지 알아?"

강시당의 당주가 검을 뽑아 들었다. 동시에 운산이 올라온 곳에서 휙 하는 소리가 나더니 두 구의 강시가 허공으로 솟구쳤다.

"죽여 버리고 싶단 말이지. 너도 마찬가지야. 어디서 온 놈인지는 모르지만 죽여주마."

그가 검을 휘두르며 수하들에게 명령을 내렸다.

물론 그 수하에 강시들 역시 포함되어 있었음은 말할 것도 없다.

"죽여라!"

앞에서는 무사들이, 뒤에서는 강시들이 뛰어들었다.

운산이 칫 하는 소리와 함께 몸을 바닥에 비스듬히 눕혔다. 그의 검에서 검기가 솟구친다.

검기를 만들어내는 속도가 예전에 비해서 확연히 달라졌다.

족히 두 배는 빨라진 듯한 속도. 자운의 수련을 통해 육체를 단련함으로 해서 내공을 지탱하는 근간이 강해진 탓이었다.

혈맥이 예전보다 튼튼하고 그것을 보조하는 근육이 두터워졌으니 그 길을 타고 흐르는 내력이 더욱 빠르게 이동할 수 있게 된 것이다.

운산의 검으로 빠르게 검기가 집약되었다.

이런 창고의 옥상 정도는 충분히 베어버릴 수 있었다.

화악—

검기가 허공으로 솟구쳤다.

그리고 강시의 공격이 운산을 향해 떨어져 내렸다.

퍼석—

강시의 손이 운산의 바로 옆에 박혀들었다. 몸을 굴리는 것이 조금만 느렸어도 당할 뻔했다.

그 사이 검기가 지붕을 부수고 솟구쳤다. 운산이 몸을 튕겨 일어났다.

콰과과광—

허공으로 높게 비산하는 황금색 검기를 자운이 확인했다. 황금색의 특이한 검기를 보이는 무공은 황룡문의 무공밖에는 없다.

"신호가 왔군."

자운이 황룡문의 제자들을 바라보았다.

"돌입하도록 한다!"

황룡문의 제자들이 돌입을 하자 전투는 곧 난전으로 변했다.

물론 자운이 개입하지 않았기 때문에 전투의 양상은 팽팽했다.

움직이는 두 구의 강시가 활보하고 다녔고, 강시당의 문주라는 녀석도 제법 실력이 있어 운산과 호각으로 겨루고 있었다.

운산의 검이 움직였다.

카앙—

고준의 검이 뒤로 주르륵 밀려난다.

"제법! 네놈이 요즘 이름을 날린다는 황룡문의 문주구나."
그가 운산의 검에 새겨진 황룡을 보더니 말했다.
"난신은 같이 오지 않았나?"
그렇다면 겁을 낼 것은 없다. 그가 이죽였다.
그가 웃자 운산 역시 마주 웃는다.
"대사형이 왜 안 왔을 거라고 생각하지?"
그의 눈이 전투의 양상을 무심하게 바라보고 있는 자운을 향한다.
고준의 눈이 운산의 눈을 쫓았다. 매우 젊어 보이는 사내가 들어온다.
그러고 보니 황룡난신이 무림의 절대자 중 가장 젊어 보이는 외모를 가지고 있다는 말이 들렸다.
'저자가 난신인가. 그런데 왜 나서지 않는 거지?'
그런 생각을 하고 있을 때, 화끈해지는 감각과 함께 귀 언저리에서 피가 주르륵 흘렀다
운산의 검이 스친 것이다.
"다른 생각하지 말라고. 대사형이 개입 안 하는 게 너네들한테는 좋은 거니까."
그의 말에 고준의 미간이 깊게 패여든다.
"이, 이놈이!"
동시에 그가 입으로 작은 소리를 내었다.

새를 부르는 소리 같기도 했고 동물을 부르는 소리 같기도 했다.

휘익—

우우우우—

두 개의 소리가 입에서 동시에 흘러나온다. 그것은 강시를 부르는 소리였다.

운산이 들어갔던 창고에서 강시들이 꾸역꾸역 기어나온다.

"흐흐흐. 난신이 왜 개입하지 않는지는 모르겠지만 이 많은 수의 강시들을 모두 상대할 수는 없을 것이다."

놈이 웃음을 흘렸다.

운산이 놈의 눈을 노려봤다.

"망할 놈."

욕지기와 함께 운산이 검을 휘둘렀다.

쏘아 보내는 것은 황룡검탄, 기다란 황룡이 울음을 터뜨렸다.

우우우우—

동시에 그를 향해서 쏘아진다.

고준이 몸속에 있는 기운을 일깨웠다. 그의 내공은 강시와 밀접하게 관련이 있는 시독이다.

시독을 몸속으로 넣어 내공으로 바꾼 것이다.

시독의 기운이 검을 타고 좌르륵 흘렀다.

스치기만 해도 살이 썩는 상처를 입을 것이 분명했다.

"흐흐흐. 이 시독에 닿으면 넌 그 자리에서 바로 썩어버릴 것이다."

운산이 몸 위로 기운을 덮었다.

"닿지 않으면 그만이야."

"과연 그럴 수 있을까?"

시독의 기운이 가득 담긴 검이 움직였다.

고준이 강시당의 보법인 사인행(死人行)을 밟으며 운산을 향해 날아들었다.

죽은 강시가 움직이는 것처럼 뻣뻣한 움직임.

하지만 예비동작이 전혀 없기 때문에 쾌속하기 그지없다.

단번에 운산을 향해 날아든다.

운산이 검으로 용린벽을 세웠다.

파바바밧—

흙이 솟구치고, 시독의 검이 용린벽을 때린다.

쾅—

시독이 흘러나오는 것이 느껴진다. 운산이 호흡을 멈췄다.

동시에 검을 휘둘러 반월형으로 그려내었다.

콰과과광—

땅이 깊게 패여들고, 고준이 뒤로 날아갔다.

운산이 쫓아가는 대신 검을 한 번 더 휘둘렀다.

일전에 그려낸 반월이 가로라면 이번에는 세로, 직도황룡과 함께 강기가 쏘아진다.

일곱 변화가 강기된 가미, 그것을 알지 못하는 고준이 보법을 밟아 피하려 했다.

"이 까짓 거!"

그의 몸이 우측으로 움직였다.

하지만 그것은 이미 직도황룡의 변화에 포함되어 있었다.

일곱 개의 변화가 사방을 에워싸고 그를 묶었다.

"이, 이런!"

당황성을 터뜨렸지만 이미 늦었다. 그의 팔이 서걱하고 잘려 나간다.

검이 허공으로 날았다.

동시에 잘려 나간 팔과 함께 바닥으로 떨어져 내린다.

쩡그런—

두 번 다시 검을 잡지 못할 것이 분명했다. 운산이 천천히 그를 향해 다가갔다.

주변을 둘러보니 대부분 강시들과의 싸움에서 고전을 하고 있었다.

하지만 다행히 사상자는 없는 것이 자운이 나서고 있었기 때문이다.

자운은 정확하게 황룡문의 제자가 위험할 때만 몸을 움직였다.

강시를 파괴해 버리는 것이 아니라 밀어내는 것이다.

죽음의 순간에서 구해주기는 하겠지만 강시를 이겨내는 것은 스스로 해야 할 일이었다.

'역시. 대사형은 우리를 훈련시킬 생각이었군.'

자운의 속마음을 알아차린 운산이 피식 웃었다.

운산이 다가오자 고준이 잘려 나간 자신의 어깨를 움켜쥐며 소리쳤다.

"다, 다가오지 마!"

운산이 검을 들었다.

"누가 벌을 내리느냐고? 정파는 힘이 없어서 벌을 못 내린다고?"

운산이 그가 했던 말을 상기하며 묻는다. 하지만 고준은 이미 죽음의 영역에 발을 걸치며 제정신이 아니었다.

운산의 말이 제대로 귀에 들어오지 않는다.

"오, 오지 말란 말이다!"

그가 하나 남은 손으로 시독을 마구 뿌려대며 외쳤다.

운산이 용린벽을 펼쳐 날아오는 시독을 모두 막아내었다.

그리고 검을 휘둘러 하나 남은 그의 팔을 잘라 버렸다.

서걱—

피와 함께 주인을 잃은 팔이 높게 치솟았다.

"정파가 심판 안 해. 심판은……."

푸욱―

그의 검이 고준의 심장에 틀어박혔다. 단전에 뭉쳐 있던 고준의 독기가 땅으로 토해져 스며든다.

주변의 풀이 모두 죽어버리고, 운산이 마지막 한마디를 남긴 채로 고준에게서 멀어졌다.

"내가 한다."

황룡난신

 고준이 죽고 나자 문제가 되는 것은 오십 구나 되는 강시 떼였다.
 주인을 잃은 강시들이 이리저리 폭주하며 날뛰었다.
 이들이 밖으로 나가게 된다면 민초들이 피해를 입게 될 것이 분명했다.
 그것은 막아야 한다.
 황룡문의 제자 중 하나라 할 수 있는 만돌이 강시를 때렸다.
 까앙—

검이 그대로 튕겨 나온다.

일전에는 일류에 오르지 못했지만 황룡문에 들어오고 전장을 경험하며 일류에 들어서게 되었다.

그런 고수가 되었는데, 자신의 검이 강시에게는 씨알도 먹히지 않는다.

"으으으."

만돌이 검을 다시 휘둘렀다.

깡깡깡깡깡—

그대로 검들이 모조리 튀어나왔다. 강시가 만돌을 향해 괴성을 질렀다.

캬아아아악—

시체 썩는 냄새가 나며 강시의 팔이 만돌을 후려친다.

퍼억—

만돌의 몸이 주르륵 밀려났다.

왼쪽 어깨가 부서진 듯 아파왔다. 선명하게 남아 있는 강시의 손자국, 아무래도 왼팔은 움직이기 힘들 듯했다.

하지만 이대로 포기할 수는 없었다.

어떻게 고수가 되었는데, 벌써 죽으라는 말인가.

검을 움켜쥐고 검에 기운을 불어 넣는다.

자신이 할 수 있는 한 최대한으로!

최대한으로 날카롭게.

단번에 강시를 베어 버릴 수 있게!

그가 검에 내력을 불어 넣는 동안 강시가 만돌을 향해 뛰어왔다.

캬아아아악—

다른 이들 역시 모두 강시를 상대하고 있었기 때문에 자신을 도와줄 여력은 없다.

온전히 자신의 힘으로 강시를 상대해야 하는 것이다.

그가 침을 꿀꺽하고 삼켰다.

강시가 손을 휘두르는 것이 눈에 보인다.

키야아아악—

"하압!"

기합성과 함께 만돌이 고개를 숙이며 튀어나갔다. 강시의 손이 그의 머리 위를 지나가고, 단번에 강시의 품 안으로 파고든다.

그리고 기운을 집약시킨 검을 휘둘렀다.

"죽어어어엇!"

회심의 한 수였다. 이 한 수가 먹히지 않으면, 지금 다시 다가오는 강시의 손에 의해서 머리가 터져 죽을 것이 분명했다.

강시의 몸과 검이 충돌한다!

'제발 죽어라! 하늘이여!'

까아앙—

하지만 강시는 죽지 않았다.
작은 생채기조차도 나지 않았다.
하늘이 그를 배신했다.
그의 눈에 다가오는 강시의 손이 유독 거대하게 보였다.
이제 죽는구나 라는 생각도 들었다.
'아.'
그가 체념하고 눈을 감았다.

생각했던 죽음이 다가오고 있을 것이다. 그 순간, 퍽 하는 소리와 함께 강시의 몸이 주르륵 밀려났.

죽음이 다가오지 않자 의문스러웠던 만돌이 눈을 떴다.

눈앞에 황룡포를 휘날리며 서 있는 사내, 그는 바로 자운이었다.

자운이 강시의 몸을 밀어낸 것이다.

가볍게 손을 뻗어 강시를 때렸는데 강시가 날아가 바닥에 처박혔다.

쾅—

하지만 곧 강시는 몸을 일으킨다.

자운의 장에도 전혀 상하지 않은 모습이었다.

그 모습을 보고는 자운이 씨익 하며 웃었다.

그가 만돌을 향해 말한다.

"다시 해보도록 해."

자운이 휙 하고 움직였다.

또 다른 이가 위험에 처해 있다가 자운의 손에 살아났다.

그를 핍박하던 강시 역시 단 일 수에 나가떨어졌지만 곧 일어난다.

자운은 그에게도 만돌에게 했던 것과 같은 말을 하며 일으켜 세웠다.

"다시 해보도록 해."

그리고는 또 다른 사람을 구하러 갔다.

태원삼객 중 첫째라 할 수 있는 적상지가 검을 휘둘렀다.

강기에는 이르지 못했지만 검기지경에는 능히 끝에 이르렀다고 말할 수 있었다.

그의 검에서 황금색 검기가 솟구친다.

동시에 회오리치는 검기가 뿜어져 강시의 몸을 난타했다.

타다다다―

강시의 몸이 강풍에 휘날리는 나뭇가지처럼 휘청거렸다.

펑펑펑―

강시의 몸이 뒤로 밀려난다.

또한 모래먼지가 자욱하게 피어올랐다.

"허억. 허억."

그가 거친 숨을 쉬며 전방을 주시했다.

강시가 쓰러졌을지가 가장 중요한 문제였다. 수십 발의 검기가 적중하는 것을 분명 확인했다.

최소한 행동불능의 상처 정도는 입었을 것이라 생각했다.

'제발 쓰러져라.'

숨이 이미 턱 끝까지 차올랐다.

하지만 그의 기대는 어긋나 버렸다. 모래먼지 속에서 강지가 스으윽 하고 몸을 일으켜 세운다.

동시에 자신을 밀어낸 이에 대한 적의를 맹렬하게 불태웠다.

"캬아아아아아악!"

소리를 치며 그를 향해 달려든다. 적상지가 거친 호흡을 이끌고 다시 몸을 움직였다.

놈을 막아야 한다.

쾅—

검과 강시의 팔이 충돌한다.

적상지가 그 짧은 틈을 노려서 손을 내밀었다. 손에서 강력한 기운이 맴돌았다.

용구절천수(龍口絶天手)!

일전에 태원삼객이 황룡문에 가지고 왔던 무공이 터져 나왔다.

예전과 다르게 훨씬 매끄러운 공격, 용의 아가리가 하늘을 끊어낸다.

쾅쾅쾅—

강시의 가슴팍이 그대로 함몰되었다.

평범한 무인이었다면 가슴이 함몰되는 정도가 아니라 아주 박살이 나버렸을 것이다.

하지만 강철과 같은 강도를 지닌 것이 강시인지라 함몰되는 정도에서 그쳤다.

"크윽."

되려 공격을 한 적상지가 신음을 흘렸다. 묵직한 강철을 때린 듯 손을 타고 엄청난 반탄력이 전해진 것이다.

손이 시큰거리며 아팠다.

조금만 더 반발력이 강했더라면 손의 뼈가 상할 뻔했다.

강시가 함몰된 자신의 가슴을 도외시하고 마구 손을 흔들었다.

캬아아아악—

그를 찢어버려야 적성이 풀리는 듯한 움직임으로 계속해서 적상지를 향해 덤벼든다.

자운이 적상지의 모습을 보고 고개를 절레절레 흔들었다.

"저렇게 해서는 안 되지."

자운 역시 강시를 상대해 본 경험이 있었다. 물론 이백 년 전의 이야기였다.

적성은 이백 년 전에도 다른 문파를 이용해 강시를 만들었고 그 강시를 전쟁에 앞세웠다.
 전쟁에서 만난 강시는 무서움 그 자체였다.
 하지만 그 덕분에 강시를 상대하는 데 매우 효과적인 방법을 알게 되었다.
 자운이 시선을 돌려 우천을 찾았다.
 우천 역시 강시를 상대하고 있었다.
 강기지경에 올랐기 때문인지 적상지에 비해서는 한결 쉽게 강시를 상대하는 것이 분명했다.
 쾅―
 강시의 몸이 주르륵 밀려났다.
 실력으로는 우천이 훨씬 압도적이다.
 하지만 강시의 몸은 너무도 단단했다.
 전투가 길어지자 우천은 지쳐가고 있었다.
 황금색 섬광이 허공을 갈랐다.
 투콰앙―
 그대로 폭발하며 강시의 몸이 뒤로 또 밀려난다.
 "죽어라!"
 우천은 거기서 그치지 않고 계속해서 검을 내리그었다.
 선명한 황금색 강기가 허공에 십자를 그리고 쏘아진다.
 쾅쾅―

폭발과 함께 또 뒤로 밀려나는 강시의 몸.

하지만 이번에도 강시는 멀쩡했다. 몸에 흠집이 나기는 했으나 사람에 비유한다면 생채기 정도였다.

또한 고통까지 느끼지 못하는 것인지 곧바로 우천을 향해 달려든다.

우천이 한숨을 쉬었다.

"이 시체는 왜 죽여줘도 죽지를 못하나!"

쾅!

다시 검강이 떨어져 내렸다.

강시가 주먹을 내밀어 강기를 막았다.

우천의 몸이 뒤로 주르륵 밀려났다. 동시에 그를 향해 강시의 손이 날아든다.

촤악―

손의 끝이 반짝하고 빛나며 손톱이 뿜어졌다.

우천을 향해 날아온다. 우천이 기겁을 하며 피했다.

강시의 손톱은 검과 같이 날카로워서 닿으면 베인다.

촤악―

우천의 옷 앞섬이 후두둑 하고는 떨어져 내렸다.

강시의 공격에 당한 것이었다.

다행이 상처를 입지는 않았다.

우천이 찢겨 나간 옷을 매만지며 강시를 바라본다.

"괴물 같은 놈."

괴물 같은 놈이 아니라 괴물이다. 놈은 지금까지 상대해 왔던 어떤 무인보다도 상대하기 어려웠다.

사람은 공격을 하면 상하기라도 한다.

하지만 저놈은 그런 것도 없었다.

때려도 죽지 않고 쳐도 상하지 않는다.

자운이 운산이 싸우는 모습을 보고 중얼거리며 시선을 우천에게로 돌렸다.

"강기가 강하기는 하지만 강시에게 완전히 통하는 것은 아니지. 다른 방법이 필요해. 자, 누가 제일 먼저 찾아내려나."

운산 역시 힘겹게 강시를 상대하고 있었다.

쾅쾅쾅—

강기를 휘둘러 강시를 밀어내고 몸을 뺐다. 머리 바로 위로 강시의 손톱이 지나갔다.

그가 발을 움직였다.

강시의 다리를 걸어 넘어뜨리려는 것이다.

파앗—

강시가 풀쩍 뛰어 그의 다리를 피했다. 운산이 남은 다리 하나를 이용해 그대로 강시를 걸어찼다.

쾅—

강시의 몸이 날아가 건물에 처박혔다.

건물이 와지끈하며 무너져 내린다.

그 건물의 잔해 속에서 바위가 들썩였다.

운산이 방금 전까지 상대하던 강시가 생채기 하나 없는 모습을 몸을 일으켰다.

키이이이익—

운산을 향해 무어라 말하는 듯한데 전혀 알아듣지를 못하겠다.

"뭐라고 하는 건지 못 알아듣겠으니 좀 죽어라."

운산이 검을 찔러 넣었다.

점을 만들 듯 쾌속무비하게 찔러 들어가는 운산의 검, 강시가 검을 피했다.

슥—

곧바로 운산의 팔을 움켜잡았다.

강력한 힘으로 운산의 팔을 부러뜨리려는 것이다.

"빌어먹을!"

운산이 다른 손으로 강시의 손을 때렸다.

텅—

강력한 반탄력이 몰려 들어오며 운산과 강시가 동시에 뒤로 날아갔다.

"크으윽!"

운산이 발로 바닥을 박차 몸을 지탱했다.

그대로 날아갔다가는 그 역시 강시처럼 건물에 몸이 처박힐 수 있었기 때문이다.

그의 몸은 사람이다.

강시와 같은 강철 몸뚱이가 아니었다.

그 정도의 충격을 받으면 온전히 서 있을 수가 없다.

'어떻게 방법이 없을까?'

다시 자신을 향해 달려오는 강시를 보며 운산이 머리를 굴렸다.

강시에게는 강기를 이용한 공격이 통하지 않았다.

통한다고 해도 고작해야 생채기가 나는 정도, 그렇다면 외부에서의 공격은 전혀 통하지 않는다.

'외부? 그렇다면 내부는?'

문득 강시의 속도 겉처럼 강철과 같이 단단할까 하는 의문이 들었다.

강시가 달려오는 것을 바라보았다. 금강불괴를 이루게 되면 강기가 통하지 않고 내외가 모두 단단해진다.

하지만 강시는 금강불괴를 이룬 것이 아니라 단순히 약물로 만든 것이다.

그런 것이 과연 속까지 단단할 수 있을까?

'어차피 이대로 시간을 끌어 봐야 불리해지는 것은 내쪽이야.'

자운은 도와줄 생각이 없는 듯 보였으니 이 난관은 자신의 힘으로 헤쳐 나가야 한다.

 운산이 검을 움켜쥐었다.

 강시를 향해 손을 뻗으며 달려나갔다.

 '시험해 보자.'

 팔을 타고 강력한 경력이 흐른다.

 화르르륵—

 내기가 몸속에서 순화하는 것이 불처럼 느껴졌다.

 손 밖으로 내기를 뿜어내지 않는다. 속으로 갈무리해서 기운을 뭉친다.

 강시가 손을 뻗었다.

 운산이 검을 이용해 강시의 팔을 쳐내었다.

 팡팡—

 강시의 가슴팍이 드러나고 운산이 가슴팍을 향해 혼신의 힘을 다한 장력을 쏟아 부었다.

 외부에서의 공격이 아니다.

 퍼엉—

 강시의 내부에서 무언가 터지는 소리가 들렸다. 그와 함께 운산의 내력이 강시의 내부를 무지막지하게 헤집었다.

 내가중수법(內家重手法)!

 속에서부터 적의 장기를 철저하게 파괴하는 수법을 운산

이 사용한 것이다.

키에에엑-

강시가 처음으로 비명 같은 음성을 질렀다.

입에서 녹색 피를 토해낸다.

케엑. 케에에엑-

고통을 느끼지는 못하는 것 같지만, 확실히 효과는 있었다.

운산이 자신의 손을 바라보며 다른 이들을 향해 소리쳤다.

"내가중수법! 모두 내가중수법을 사용해! 효과가 있다!"

운산의 말을 들은 이들이 화들짝 놀라며 내가중수법을 펼쳤다.

그 모습을 보던 자운이 희미하게 미소 지었다.

"잘했어. 하지만 아직도 부족해."

내가중수법을 이용하는 것이 맞지만 단순한 내가중수법만으로 강시를 파괴하는 것은 어려웠다.

내가중수법을 이용해 노려야 하는 부위가 있었다.

그 부위를 찾기 전까지는 강시와의 싸움에서 우위를 점했다 말할 수 없는 것도 사실이었다.

자운이 그들의 싸움을 계속해서 지켜봤다.

내가중수법까지 알아내었으니 그 뒤도 알아낼 것이다.

"자. 빨리 알아내 보라고."

내가중수법을 이용한 싸움이 효과가 있다는 것을 알게 되면서 전투는 확실히 다른 양상으로 흘러갔다.

이전처럼 공격이 통하지 않아 쩔쩔매는 경우가 사라졌다.

하지만 강시들은 몸이 망가지는 것을 느끼지 못했기 때문에 잠시간 멈칫하는 것이 고작이었다.

여전이 놈들을 쓰러뜨릴 방법은 보이지 않았다.

쉬워지기는 했지만 우위를 점하지는 못했다는 말이었다.

쾅—

우천이 내가중수법을 이용해 강시의 가슴팍을 후려친 후에 검을 휘둘러 밀어내었다.

키에엑—

강시가 비명을 지르며 멈칫했지만 그뿐이었다.

다시 몸을 일으켜 운산을 향해 뛰어온다.

'놈의 움직임을 막을 수만 있으면 될 텐데.'

우천이 놈의 움직임을 살폈다. 내장이 녹아버렸을 텐데 아직까지도 멀쩡하게 움직인다.

"후우."

운산이 한숨을 내쉬었다.

도저히 막을 수가 없는 것일까

앞이 암울해졌다.

그런 그의 눈에, 여전이 멀쩡하게 움직이고 있는 강시의 관절이 들어왔다.

관절은 인간을 움직이게 해주는 중요한 기관이다. 아무리 고통을 느끼지 못한다고 해도 관절을 움직이지 못하면 행동할 수 없다.

'혹시?'

그런 생각이 들었다. 강시의 약점은 관절이 아닐까.

운산이 그랬던 것처럼 우천 역시 뛰어들었다. 검을 이용해 강시의 공격을 모두 막아내고 용린벽을 펼쳤다.

손으로 내가중수법을 펼친다.

향하는 곳은 강시의 관절!

쾅—

강시의 관절에서 무언가 터지는 소리가 들리며 강시의 몸이 그대로 허물어졌다.

한쪽 다리의 관절이 폭발한 강시가 자리에서 일어나려는 듯 꿈틀거렸다.

하지만 한쪽 다리가 부서졌기 때문인지 자리에서 일어나지 못했다.

우천이 쾌재를 불렀다.

"관절이다! 내가중수법으로 관절을 공격하면 놈들의 움직임을 막을 수 있어!"

 운산이 말을 하며 강시의 다른 한쪽 무릎을 움켜쥐었다.
 "이제 넌 걸어 다니지 못할 거야. 장애로 만들어주마."
 콰앙—!!

第十三章 네 팔을 자른 사람이 바로 내 사부다!

황룡난신

강시들과의 싸움은 아주 쉬워졌다. 강시의 숨통을 끊어 놓을 방법은 없었지만 두 팔과 두 다리를 분질러 버리는 것으로 놈들이 움직일 수 없게 만들었기 때문이다

자운이 그 모습을 보고 흡족한 표정으로 고개를 끄덕였다.

"과연. 잘했군."

혹시나 하는 생각에서 시작했던 강시를 이용한 실전 대련. 황룡문의 제자들은 그것을 훌륭하게 이겨내었다.

자운이 막 그들을 향해 박수를 쳐 주려는 순간, 거대한 기운이 강시당의 전체를 짓눌렀다.

네 팔을 자른 사람이 바로 내 사부다!

쿠웅―

"으윽."

"크으으으으."

 황룡문의 제자들이 여기저기서 고통에 신음을 흘렸다. 자운이 고개를 치켜들었다.

 자신과 겨루어도 손색이 없을 정도의 기세를 흘리는 이를 찾았다.

 허공중에 떠 있는 이.

 적포를 입은 노인이 자운을 내려다보고 있었다.

 "아해야. 네놈이 바로 난신이라 불리우는 아해더냐?"

 자운이 손을 흔들었다.

 강시당을 짓누르는 기세가 손짓에 와해되어 날아갔다.

 그의 몸이 허공으로 솟구친다.

 "날 알면서도 찾아온 걸 보면 죽으러 온 모양이네. 그래, 적성이야?"

 자운의 말에 그가 고개를 끄덕였다.

 "적성 중에서는 칠적보다 강한 이가 없는 걸로 아는데 넌 누구지?"

 그 말에 노인이 웃는다.

 그는 바로 삼공이었다. 이백 년 전 황룡문주에게 한쪽 팔을 잃은 사내. 자운은 그를 알아보지 못했다.

사실 익숙하다고 생각은 하고 있었지만 그가 자신의 사부에게 팔을 잃은 사내일 거라고는 상상하지 못했다.

이백 년이나 되는 세월을 사람이 살아 있을 수는 없었기 때문이다.

"나 역시 칠적이었지."

"칠적이었다고?"

미묘한 과거형의 말이 자운의 귀에 거슬렸다. 과거에 칠적이었다면 지금은 칠적이 아니란 말인가?

자운이 손가락으로 삼공을 가리키며 말했다.

"혹시 네가 일성이냐?"

그 말이 끝나는 순간 삼공의 몸에서 기운이 뿜어져 자운을 때렸다.

쾅—

촤르륵—

자운의 몸에 호룡이 휘감기며 놈의 공격을 막아낸다.

여섯 마리의 용이 순식간에 모습을 드러내었다.

"기습이라니 비겁한데."

"네가 감히 그분의 이름을 입에 올릴 주제가 된다고 생각하나?"

삼공이 자운을 향해 말했다.

"못할 것도 없지."

콰앙—

다시 자운을 향한 공격, 자운이 호룡을 이용해 이번에도 공격을 막았다.

"진정하라고. 아까 하던 이야기나 마저 해보지."

자운의 말에 그가 이죽였다.

"나는 이백 년 전의 칠적 중 한 명이었다. 지금은 적성의 봉공이 되었지. 그리고 너와 같은 황룡문의 개종자를 보면 욱신거리는 곳이 있구나."

그가 허전한 자신의 어깨를 잡았다.

자운의 머릿속에 스쳐 지나가는 과거의 기억, 자신의 사부의 손에 팔이 잘려 도망간 칠적이 떠올랐다.

"네놈, 오적이냐?"

자운의 목소리가 처음으로 당황에 떨렸다.

그의 말에 삼공의 눈에 이채가 발한다.

"호오. 네가 그 사실을 어떻게 알고 있는 거지?"

여섯 마리의 황룡이 울었다.

우우우우—

"왜 모르겠어. 내가 그 자리에 있었는데."

"뭐?"

이번에는 자운의 말에 삼공이 의문을 표했다. 그 자리에 있었다니, 그건 또 무슨 소리라는 말인가?

"네 팔을 자른 사람이 바로 내 사부다!"

그 순간, 쾅 하는 소리와 함께 자운의 몸이 아래로 내리꽂혔다.

이공의 무공이 멸공지력이었다면 삼공의 무공은 참공인(斬空印)이다.

공간을 넘어서 상대를 가격하는 무공으로서 어찌 보면 격산타우와 비슷하지만 그보다 훨씬 높은 경지에 닿아 있는 무공이라 할 수 있었다.

그 무공이 자운의 몸을 때렸다.

아니, 몸을 때리기 직전 호룡이 받아내었다.

하지만 워낙 갑작스러운 공격이었던지라 막았음에도 자운의 몸이 아래로 내리꽂힌 것이다.

쾅—

지축이 크게 진동했다.

약 오 장 가량의 바닥이 깊게 패이고, 자운이 돌가루를 떨어뜨리며 그 속에서 일어났다.

입가로 흐르는 비릿한 피를 닦아내며 냉철한 눈으로 삼공을 노려본다.

"왜, 다른 한쪽 팔마저 잘리고 싶어서 왔나?"

"이놈! 네놈이 바로 그놈의 제자라니. 스승의 죄를 제자가 대신 갚게 되었구나!"

쾅—

공간이 다시 한 번 크게 출렁였다.

참공인은 보이지 않는다. 느낄 수 있는 것은 공간을 지각해야만 가능한 것이었다.

자운의 감각을 타고 공간이 출렁이는 것이 들어왔다.

자운이 펄쩍 날았다.

허공으로 솟구치고, 방금 전에 자운이 있던 구덩이 위로 참공인이 작열한다.

쾅—

유성이 떨어진 것처럼 바닥이 또 다시 깊게 패였다.

약 오 장 넓이의 구덩이가 단번에 십여 장으로 넓어졌다.

단순히 주먹을 휘두르는 것만으로 오여 장의 구덩이가 생긴다.

그 초월적인 싸움에 황룡문의 제자들이 뒤로 물러섰다.

휘말리는 순간 죽는다.

그 증거로 내가중수법에 관절이 상해 움직이지 못하던 강시들이 참혹하게 짓이겨졌다.

강기에도 견딘다는 강시들이었는데 아주 박살이 나 곤죽이 되어 있었다.

시체지만 본래는 사람이었던 자들이다.

내장기관이 튀어나오고 썩은 살이 사방으로 비산해 있는 모습은 과히 보기 좋은 모습이 아니었다.

대부분의 이들이 눈살을 찌푸렸다.

하지만 지금 중한 것은 그것보다 허공에서 진행되는 싸움이었다.

여섯 마리의 황룡을 오연히 몸에 휘감은 자운의 모습은 그야말로 황룡난신이라는 별호가 어울리는 모습이었다.

거기에 절대로 밀리지 않는 삼공 또한 굉장하다 할 수 있었다.

쉬이익―

참공인이 허공을 가른다.

자운이 호룡을 몸에 둘렀다.

쾅―

호룡이 크게 흔들리기는 했으나 견뎌내었다. 이어 움직이는 것은 염룡!

화르륵―

염룡이 불을 뿜었다.

대기 중의 산소를 모두 태워 버릴 듯 뜨거운 불을 뿜어낸다.

"재미있군. 모든 것을 태워 버리는 멸사탕마의 불인가?"

마기에는 치명적인 불꽃이다.

삼공의 근간 역시 마기, 이미 마를 초월한 지 오래라고는 하지만 저 불꽃은 위험했다.

하지만 그렇다고 해서 막을 수 없는 것은 아니었다.

삼봉공의 무공은 모두 공간 자체에 관여를 한다.

그중 삼공이 쓰는 것은 공간에 전혀 구애를 받지 않는 것, 삼공의 몸이 이동했다.

스르륵—

신법을 사용해 이동했다기보다는 그냥 사라졌다가 나타났다.

공간을 세 개로 나눈 후 이동한 것이다.

자신이 서 있던 공간을 첫 번째, 화염이 미치는 공간을 두 번째, 화염이 미치지 않고 자신이 서 있는 공간을 제외한 공간을 세 번째로 두고 첫 번째에서 세 번째로 이동했다.

마치 순간이동과 같은 움직임!

'미친.'

적성에는 어디 하나 정상적인 놈들이 없는 모양이다.

하다하다가 이제는 공간을 격해 이동까지 하다니.

자운 역시 공간을 찢어발겨 그 틈을 열고 이동하는 것이라면 충분히 할 수 있다.

하지만 저처럼 공간 자체를 무시하고 움직일 수는 없었다.

자운이 당황해하는 사이 다시 참공인이 날아든다.

피슉—

참공인 역시 공간을 무시한다.

바로 자운의 앞에서 솟구치기 때문에 잠시라도 방심을 하면 당하는 수밖에 없다.

크르르르—

호룡이 참공인을 씹어 부서뜨렸다.

자운이 패룡을 움직였다.

패룡으로 공간 전체를 휘감아 우그러뜨리려는 것이다.

"흥. 통하지 않는다는 것을 모르는가?"

삼공의 신형이 또 사라졌다.

공간을 이동해 패룡이 휘감은 공간의 밖에서 모습을 드러낸다.

자운이 웃었다.

"멍청하기는!"

그곳은 이미 환룡의 영역이었다. 환룡의 모습이 수십 수백으로 갈라지며 사방의 공간을 빽빽이 채운다.

공간이동으로 벗어날 수 있는 권역은 두 번의 이동으로 눈치채었다.

약 십 장 안쪽, 그 안에서만 공간을 격할 수 있음이 분명했다.

환룡이 십 장의 공간을 가득 채웠다. 벗어나지 못할 것이다.

"허상 따위로 나를 잡으려 하는가?"

그가 손을 뻗었다.

와장창 하며 참룡인이 환룡의 허상들을 모두 베어버린다.

하지만 그마저도 자운이 노린 바였다면?

푸욱―

삼공의 허벅다리에 암룡의 뿔이 박혀 들었다.

환룡으로 눈을 속이고 암룡의 기척을 죽여 환룡 사이에 숨겼다.

그리고 환룡이 사라지는 순간, 암룡이 튀어나오게 하여 놈의 다리를 찌른 것이다.

"크윽!"

그가 자신의 허벅다리에 박혀든 암룡의 뿔을 움켜잡았다.

그리고는 그대로 꺾어버린다.

뿌드득―

우우우―

자신의 뿔이 꺾여 나간 환룡이 울었다. 하지만 곧 자운이 내력을 보충해 주자 기다란 뿔이 다시 난다.

암룡의 뿔이 다시 자라나는 사이, 삼공은 자신의 상처를 살피고 있었다.

다행히 깊은 상처는 아니다.

아니, 애초에 다리 따위 크게 상관이 없었다. 그의 무공은 공간을 무시하는 무공, 경공을 펼치기 위한 다리는 있으나 마나였다.

하지만 기분이 나쁜 것 역시 부인할 수 없는 사실이었다.

"무참히 무너뜨려주마!"

참공인이 무자비하게 쏟아진다.

마치 참공인의 비가 내리는 듯했다. 자운이 호룡을 온몸에 휘감고도 모자라 용린벽을 세웠다.

티디디디딩―

용린벽에 맞은 참공인들은 곧 사라졌지만 다른 참공인들이 계속해서 떨어져 내렸다.

충격이 누전된다면 아무리 용린벽이라 해도 막을 수 없다.

쩌엉―

하나의 용린벽이 산산이 조각나며 부서져 내렸다.

그것을 시작으로 다른 용린벽들도 부서지기 시작한다.

쩌엉―

쩌엉―

쩌저정―

모든 용린벽이 부서졌을 때, 그 자리에 남은 것은 호룡뿐이었다.

"그것까지 부숴주마!"

삼공이 참공인을 크게 날렸다.

거대한 참공인이 날아든다.

보이지 않으나 느낄 수 있었다. 반월 형태로 날아드는 참공인을 말이다.

쩌엉—

호룡이 크게 흔들리며 꺾여 나갔다.

하지만, 그 내부에 있을 것이라 생각했던 자운의 모습은 그 어디서도 보이지 않는다.

"이놈!"

그가 뒤를 돌았다.

뒤에서 자운의 기척이 잡힌 것이다.

"나는 공간을 이동하는 재주는 없지만 누구보다 빠르게 이동하는 재주는 있지."

자운이 비룡의 머리 위에 서 있었다.

호룡이 꺾여 나간 부분을 수복한 후 자운을 향해 돌아왔다.

나머지 여섯 마리의 용 역시 자운을 휘감는다.

동시에 자운이 패룡을 뻗었다.

쾅—

순식간에 이루어진 공격인지라 이번에는 삼공도 피하지 못하고 그대로 공격을 당하는 수밖에 없었다.

다행인 점은 공간을 여러 개로 나누어 충격을 분산시켰다는 점이었다.

쾅쾅쾅—

공간이 부서지는 소리가 울렸다.

"크윽."

삼공이 부러진 자신의 손뼈를 맞추며 자운을 노려보았다.

충격을 여러 공간으로 나누어 분산시켰음에도 불구하고 패룡의 공격력은 강했다.

패룡은 황룡무상십이강 중 단일 공격력으로는 첫손에 꼽는 것이다.

공격 방식이 단조로운 단점이 있기는 하지만 공격력만으로도 굉장한 장점이라 할 수 있었다.

그런 걸 분산시켰다고는 하지만 직격으로 맞았다.

강기로 수십 발 얻어맞은 것보다 더한 충격이 전해졌을 것이다.

하지만 자운이 괴물이라면 삼공 역시 괴물이었다.

엄청난 충격을 받아놓고서 고작해야 손뼈가 다친 것이라니.

자운이 이를 악물었다.

쉬이 상대할 자가 아니라는 것을 느끼기는 했지만 생각보다 싸움이 더 어려워질 것 같은 생각이 들었다.

콰앙—

자운이 방금 전까지 서 있던 자리 위로 참공인이 그대로 떨어져 내렸다.

투콰콰콰콰콰콰쾅—

자운이 몸을 날려 참공인을 피했다. 동시에 환룡과 암룡을 움직였다.

일전에 삼공의 허벅다리를 꿰뚫었던 것을 다시 쓰려는 것이다.

하지만 삼공은 호락호락하지 않았다.

"같은 수법에 또 당할 줄 아느냐!"

환룡이 움직이는 순간 그의 몸은 이미 십여 장 밖을 내달리고 있었다.

언제든지 몸을 뺄 준비를 마친 것이다.

또한 참공인은 십여 장 밖에서도 충분히 날릴 수 있었다.

쿠웅—

호룡과 참공인이 충돌하며 호룡이 크게 흔들렸다.

그 반발력이 자운의 몸으로도 전해진다.

입을 타고 피가 흘러내린다.

호룡으로 막아 외상은 없었지만 내상은 꽤 입었다.

참공인이 뻗어내는 반발력은 금강불괴에 비견된다는 호룡으로도 해소하기 어려운 것이었으니 말이다.

'해야 하나?'

문득 숨겨 두고 있는 비장의 한 수를 꺼내 들어야 하나 하는 생각이 들었다.

하지만 곧 고개를 흔들었다.

아직은 아니다.

자운이 주먹을 움켜쥐고 고개 흔드는 것을 멈추었다.

그리고는 삼공을 바라본다. 삼공 역시 한 손으로 참공인을 형성하며 자운을 노려보고 있었다.

"흐흐흐. 네놈이 제법이긴 하다만 이것까지 받아낼 수 있는지 보겠다."

참공인에 참공인을 더한다.

거기에 참공인을 한 번 더 더했다.

쿠구구구구궁—

본래 삼공의 무공은 공간의 구애를 전혀 받지 않는 것이었지만 이번에는 달랐다.

공간이 그의 참공인으로 끌려 들어왔다.

하늘이 좁아지고 땅이 말려 들어가는 착각까지 들었다.

수십 개의 공간이 쪼그라들며 참공인 속으로 딸려 들어간다.

우우우웅—

본래 참공인은 모습이 보이지 않는다. 하지만 이번의 참공인은 너무도 강해서인지 선명하게 모습이 보였다.

반투명한 반월형의 참공인, 자운이 이를 악물었다.

저것은 평범한 것이 아니다.

받아내지 못한다면 그 폭발이 사방으로 퍼져 나갈 것이다.

그 넓이는 감히 짐작조차 할 수 없다.

그렇게 되면 위험해지는 것은 황룡문의 제자들이었다.

'받아내어야겠군.'

그가 이를 악물고 허공으로 몸을 띄웠다. 지상에서 저 공격을 받는 것보다는 공중에서 공격을 받는 것이 후폭발의 범위를 줄일 수 있을 것이라 생각한 것이다.

그 모습을 보고 삼공이 씨익 하고 웃었다.

"잘 생각했다. 하지만 네가 과연 이걸 막을 수 있을까?"

자운이 호룡으로 몸을 두르고 그 위에 다른 다섯 마리의 용을 겹치며 이죽였다.

"그걸 받아낸 다음에 넌 죽어. 내가 목을 꺾어 버릴 거거든."

"끝까지 입만 산 놈이구나! 어디 한번 받아봐라!"

쾅—

그의 손을 떠난 참공인이 폭발하듯 자운을 향해 날아왔다.

자운이 패룡을 뻗었다. 패룡의 아가리가 참공인을 물어뜯는다.

콰지직—

패룡의 전신에 금이 가기 시작한다. 주변을 환룡이 늘어나며 둘러쌌다.

와장창—

패룡이 산산이 부서져 사라지고, 환룡과 참공인이 충돌했다.

쿠구구구국—

환룡 역시 오랜 시간을 견디지는 못한다.

다음은 염룡!

염룡이 참공인이 담고 있는 공간 자체를 터뜨려 버릴 생각으로 불을 뿜었다.

화르르륵—

하나 참공인에는 전혀 효과가 없다.

몇 개의 공간이 타서 사라졌지만, 워낙 많은 수의 공간을 겹쳐 두었기 때문에 몇 개가 사라진다고 해도 힘의 차이가 크게 나는 것이 아니었다.

"크으으윽!"

자운이 안간힘을 썼다.

하지만 염룡은 펑 하는 소리와 함께 터져 나간다.

염룡이 터져 나가는 순간 그 속에 들어 있던 화염이 사방으로 날뛰었다.

붉은 불줄기가 하늘을 가득 수놓았다.

"크으윽"

그후로도 순서대로 암룡과 비룡이 터져 나갔다.

마지막으로 남은 것은 자운을 둘러싸고 있는 호룡!

콰우우우우우—

호룡이 길게 울었다.

자운이 호룡을 몸에 휘감고는 참공인과 충돌했다.

쾅—

천지가 뒤집힐 정도의 충격이 자운의 몸에서 터져 나간다.

그 충격에 호룡이 터져 나가고 자운이 그대로 바닥으로 추락했다.

콰앙—

바닥이 보이지 않을 정도의 구멍이 생기고 그 아래에 자운이 처박혀 있었다.

삼공이 자신의 비어 있는 왼쪽 어깨를 어루만지며 기분 나쁘게 웃었다.

"호호호호호."

그것으로도 성에 차지 않는지 연달아 참공인을 날려 자운이 떨어진 구멍을 때린다.

쾅쾅쾅쾅쾅—

지축이 흔들릴 정도의 충격이 계속해서 이어졌다.

사방에서 부서진 땅들이 바위로 변해 구멍을 메워 버리고, 무덤처럼 변했을 때 그가 웃는 것을 멈추었다.

바위가 들썩이기 시작한 것이다.

"최후의 발악이라도 하려는 것이냐?"

자운은 이미 항거불능의 상처를 입었음에 틀림이 없는데 또 다시 움직이려 하는 것을 보고 말했다.

퍼엉—

폭발과 함께 자운을 뒤덮고 있던 바위들이 날아갔다. 그 모습이 마치 무덤 속에서 부활하는 모습 같았다.

삼공이 미간을 꿈틀하고 움직이는 순간 자운의 몸이 황금빛 서기에 휩싸인다.

고개를 치켜드는 용들.

한 마리.

두 마리.

세 마리.

네 마리.

계속해서 용들이 고개를 치켜들었다.

자운의 눈이 부릅떠지고 그의 눈이 황금색으로 빛나는 순간, 무려 열한 마리의 용이 머리를 치켜들며 삼공을 노려보았다.

우우우우우우—

그 속에서 자운이 용들을 거느리며 나지막이 삼공을 향해 중얼거렸다.

"끝까지 한 번 가보자……!"

『황룡난신』 제6권에 계속…

매은 新무협 판타지 소설

"살아라… 살아야 이기는 것이니라."

알 수 없는 스승의 유언.
그 후로… 그저 살아야만 했던 남자, 이극.

서신 하나 없이 사라진 오라버니를 찾아
홀로 무림맹에 대항하려는 소녀, 유서현.

어느 날.
두 사람이 운명으로 얽혔을 때,
메마른 무사의 혼이 다시금 불타오른다!

『창룡혼』

어둠으로 물든 하늘을 뚫고 솟아오를
위대한 창룡의 혼이여!
위선을 찢어발기고 천하를 밝히리라!

新月劍帝

단월검제

강태훈 新무협 판타지 소설

"나 좀 도와주면
내가 제자가 되어줄게."

당돌한 제자 상천과 그저 그런 사부 종삼의 황당한 만남!

철석같이 신검이라 믿고 익힌 단월검을
진짜 신검으로 발전시킨 검제의 이야기!

**달조차 베어버릴
거대한 검의 신화가 열린다!**

Book Publishing CHUNGEORAM

WWW.chungeoram.com

태클 걸지 마!

무람 장편 소설

우리가 기다려 왔던 신개념 소설!

말년 병장 김성호!
"어이, 김 병장. 놀면 뭐하나?"

떨어지는 낙엽도 피해야 하는 시기에 삽 한 자루 꼬나 쥐고
너덕을 캐는 꼬인 군 생활의 참중인!

『**태클 걸지 마!**』

낡은 서책과 반지의 기적으로 지금껏 모르던 새로운 힘을 깨달아간다!

불운한 삶은 이제 바뀔 것이다. 내 인생에 더 이상 태클은 없다!

Book Publishing CHUNGEORAM

유행이 아닌 자유추구
WWW.chungeoram.com